A MEGERA DOMADA

Tradução e adaptação
WALCYR CARRASCO

A MEGERA DOMADA

WILLIAM SHAKESPEARE

2ª edição revista e ampliada (teatro e prosa)
São Paulo

Esta obra foi premiada pela União Brasileira dos Escritores – UBE –
pela tradução e adaptação – 2010

© WALCYR CARRASCO, 2014
1ª edição, 2009

COORDENAÇÃO EDITORIAL Maristela Petrili de Almeida Leite
EDIÇÃO DE TEXTO Marília Mendes
COORDENAÇÃO DE EDIÇÃO DE ARTE Camila Fiorenza
DIAGRAMAÇÃO Cristina Uetake, Elisa Nogueira, Michele Figueredo
ILUSTRAÇÕES DE CAPA E MIOLO Weberson Santiago
COORDENAÇÃO DE REVISÃO Elaine Cristina del Nero
REVISÃO Andrea Ortiz
COORDENAÇÃO DE BUREAU Américo de Jesus
TRATAMENTO DE IMAGENS Bureau São Paulo
PRÉ-IMPRESSÃO Alexandre Petreca
COORDENAÇÃO DE PRODUÇÃO INDUSTRIAL Wilson Aparecido Troque
IMPRESSÃO E ACABAMENTO EGB Editora Gráfica Bernardi Ltda
LOTE 788246
COD 12093907

A TRADUÇÃO E A ADAPTAÇÃO BASEADAS EM
THE TAMING OF THE SHREW, DE WILLIAM SHAKESPEARE,
WORDSWORTH EDITIONS LIMITED, 2004

Dados Internacionais de Catalogação na Publicação (CIP)
(Câmara Brasileira do Livro, SP, Brasil)

Carrasco, Walcyr
   A megera domada / William Shakespeare ;
tradução e adaptação de Walcyr Carrasco — 2. ed. —
São Paulo : Moderna, 2014. — (Série clássicos universais)

   Título original: *The taming of the shrew*.

   ISBN 978-85-16-09390-7

   1. Literatura infantojuvenil I. Shakespeare, William,
1564-1616. II. Título. III. Série.

14-02921   CDD-028.5

Índices para catálogo sistemático:
1. Literatura infantojuvenil   028.5
2. Literatura juvenil   028.5

Reprodução proibida. Art.184 do Código Penal e Lei 9.610 de 19 de fevereiro de 1998.

Todos os direitos reservados

EDITORA MODERNA LTDA.
Rua Padre Adelino, 758 - Quarta Parada
São Paulo - SP - Brasil - CEP 03303-904
Vendas e Atendimento: Tel. (11) 2790-1300
www.moderna.com.br
2024
Impresso no Brasil

Sumário

A megera domada — Marisa Lajolo, 9

Às voltas com a megera — Walcyr Carrasco, 32

1 — Teatro, 35

       Primeiro Ato, 37

       Segundo Ato, 53

       Terceiro Ato, 72

       Quarto Ato, 88

       Quinto Ato, 125

2 — Prosa, 145

     Quem foi William Shakespeare, 195

     Quem é Walcyr Carrasco, 198

A MEGERA DOMADA

Marisa Lajolo

Da Inglaterra para o mundo

Shakespeare nasceu em 1564.

Ou seja: neste começo de século XXI, em 2014 (quando escrevo estas mal traçadas) faz quase quinhentos anos — meio milênio! — que, na cidadezinha inglesa de Stratford-upon-Avon, na família Shakespeare, nasceu um menino que recebeu na pia batismal o nome de William.

O menino William chorou, mamou, engatinhou como qualquer menino. Depois, aprendeu a ler e a escrever.

Foi crescendo, crescendo e, depois de grande, começou a escrever poemas e peças teatrais. Era também ator. Excelentes poemas, excelentes peças teatrais; tão excelentes, que sua obra sobreviveu à morte do escritor em 1616. Seu teatro e sua poesia levam o nome *William Shakespeare* para todos os cantos da Terra e vêm encantando por mais de quatro séculos leitores e espectadores de todas as idades.

Da Inglaterra para o Brasil

Foi em Londres que Shakespeare começou sua carreira de escritor e ator no século XVI. A fama de seu trabalho cruzou fronteiras e suas comédias e tragédias foram encenadas em palcos de muitas outras cidades europeias. Mas demorou um bocado para sua obra teatral chegar ao Brasil. Foi apenas no século XIX que algumas de suas peças — na verdade trechos delas — foram representadas no Rio de Janeiro pelo ator João Caetano (1808-1863), o primeiro brasileiro a encenar textos shakespearianos.

Textos shakespearianos é modo de dizer: acredita-se hoje que boa parte das encenações de Shakespeare no Brasil do século XIX eram, na realidade, *traduções de traduções*. Traduções *indiretas*, que não eram feitas diretamente do original inglês. Inglês, naquela época, não era uma língua muito difundida no Brasil. Francês era muito mais conhecido. Eram, então, traduções francesas (às vezes algumas italianas) de Shakespeare, que foram *retraduzidas* para o Português e encenadas no Brasil.

Tantas voltas por tantos idiomas tornavam bastante comprido o caminho para Shakespeare chegar até nossos palcos: o original inglês era traduzido e (muitas vezes) adaptado para o Francês, daí traduzido para o Português [em Portugal ou no Brasil] e só então encenado...

Machado de Assis e Shakespeare

Mas nada disso impediu que o público brasileiro se encantasse com as peças shakesperianas. Os teatros ficavam lotados para assisti-las.

Numa bela noite carioca, sentado na plateia, estava ninguém menos do que o escritor Machado de Assis. Ele já conhecia, pela leitura, a obra de Shakespeare e escrevia regularmente em jornais do Rio de Janeiro. E tão encantado ficou com o que viu no teatro, que num dia 23 de abril (dia do nascimento de Shakespeare) escreveu em sua crônica que

"Tudo são aniversários. Que é hoje, senão o dia aniversário natalício de Shakespeare? Respiremos, amigos; a poesia é um ar eternamente respirável. Miremos este grande homem; miremos as suas belas figuras, terríveis, heroicas, ternas, cômicas, melancólicas, apaixonadas, varões e matronas, donzéis e donzelas, robustos, frágeis, pálidos, e a multidão, a eterna multidão forte e movediça (...) toda essa humanidade real e verdadeira." (Machado de Assis. *Obra completa*. Rio de Janeiro: José Aguilar, 1962. v. III. p. 583.)

Vamos pegar uma carona com Machado de Assis?

Cuidado, leitoras...!

Neste livro que está em suas mãos, os leitores costumam dar risada e divertir-se com algumas das figuras mais cômicas da obra shakespeariana. A principal delas é *Catarina*, a personagem que o título da peça chama de *megera*. E a outra é Petrúquio, que — sempre segundo o título da peça — *doma* Catarina, que se torna, então, *a megera domada*.

Como você já percebeu, o título anuncia o resultado de um embate. Alguém *doma* alguém. Isto é, alguém *submete, subjuga, controla, domestica* outra pessoa. E o *alguém domado* é apresentado como *megera*: palavra feminina que significa *perversa, malvada, bruxa*. Em traduções portuguesas, o sentido de submissão presente no original inglês (*The taming of the shrew*) fica bastante explícito: a peça, em Portugal, costuma ter por título *A fera amansada*.

A partir do título, então, leitores e espectadores desta história de Shakespeare podem legitimamente esperar a representação de um dos mais antigos embates travados em nosso planeta: a velha queda de braço *homem* versus *mulher*. Ao longo da peça — na realidade, já desde seu título — a figura feminina é desqualificada.

O rebaixamento da personagem feminina, no entanto, não precisa assustar os leitores (muito menos as leitoras!): a história que Shakespeare conta nos faz entender que, com o passar do tempo, os valores mudam. Como dizia Camões, um poeta português quase contemporâneo do teatrólogo inglês, *Mudam-se os tempos, mudam-se as vontades,/Muda-se o ser, muda-se a confiança/Todo o mundo é composto de mudança/Tomando sempre novas qualidades...*

E o tempo muda mesmo, e com ele mudam as crenças. Quem é que hoje — neste nosso século XXI — ia ter coragem de chamar de *megera* uma mulher que queria ser independente? Pouca gente, não é? Mas... no século XVI era diferente!

O mundo de Shakespeare

Na época em que esta peça foi escrita e nas primeiras vezes em que foi encenada, mulheres eram vistas como criaturas inferiores, sem vontade própria, ou — pior ainda — criaturas cujas vontades não precisavam (nem deviam) ser respeitadas. Mulheres deviam obediência primeiro ao pais e em seguida aos maridos. Ou aos irmãos mais velhos, ou aos tios paternos. Ou seja, havia sempre um homem para dizer às mulheres o que elas deviam pensar, dizer, fazer... E também o que elas *não deviam* fazer, dizer ou pensar.

Era também uma época em que casamentos — sobretudo os da elite — seguiam normas muito rígidas: as filhas mais velhas deveriam casar-se antes de suas irmãs mais novas, o casamento era acertado pelas famílias e nem sempre os noivos se conheciam antes do casamento.

É neste mundo que Catarina vive a história que Shakespeare inventou, Walcyr Carrasco reescreveu e você vai ler...

Catarina é a personagem principal (protagonismo já anunciado no título da peça) e com ela contracenam figuras maiores ou menores, que dão ao leitor/espectador de hoje a chance de se envolver em um mundo muito diferente deste nosso século XXI.

E, justamente por nos apresentar experiências humanas tão diferentes das nossas, *A megera domada* talvez nos faça compreender melhor o mundo em que vivemos hoje. Você concorda?

O mundo de Catarina e de Bianca

Na história, Batista (pai de Catarina) e Petrúquio (marido de Catarina) são as figuras através das quais delineia-se com mais nitidez o patriarcalismo do mundo de Shakespeare. Bianca, a irmã caçula da protagonista, segue quase ao pé da letra (só *quase*, só *quase*...) a receita da elite feminina quinhentista: toca música, lê e é dócil ao que seu pai espera dela.

Mas Catarina...

...Catarina é um contraexemplo. Desde sua primeira fala, o leitor/espectador percebe que é por sua boca que virão as razões para a necessidade da *doma*. Catarina não se deixa dominar pelos valores da época, contesta o pai, hostiliza o marido e implica com o caráter obediente da irmã. O que pode trazer uma leitura completamente diferente para a peça: como sairiam do teatro espectadores do século XVI? Lamentando que Catarina tenha se submetido ao marido? Ou achando muito certo que ela se converta em esposa modelo de obediência?

É difícil, hoje, saber como teria sido a recepção da peça ao tempo de suas primeiras exibições. Mas bem podemos imaginar que diferentes espectadores (e sobretudo espectadoras...) reagiam diferentemente às situações encenadas na peça, não é ?

Trapalhadas grandes e pequenas

Muitas das passagens cômicas da peça ficam por conta do embaralhamento de identidades, recurso até hoje bastante frequente na comédia e muito apreciado por plateias inclusive de *telespectadores*. Trata-se de um recurso clássico. Leitores e espectadores que presenciam a troca de papéis podem legitimamente sentir-se superiores às demais personagens, em função das quais a troca de identidades foi planejada.

Por exemplo: é o caso, nesta história, do moço rico que se disfarça de professor pobre enquanto seu criado assume a identidade do patrão, disfarce de que as demais personagens nem desconfiam, mas que o leitor conhece... E, mesmo o leitor sabendo quem é quem e quem *não é* quem, em várias passagens a fala das personagens se encarrega de relembrar aos leitores/espectadores que não devem confundir-se, recurso que Walcyr Carrasco transfere, magistralmente, quando transforma a história em prosa.

Nesta troca de identidades, destacam-se as personagens masculinas, e a divertida confusão que isso causa no mundo em que Catarina vive manifesta-se desde a primeira cena da peça e se prolonga por todos os seus atos. Mal-entendidos multiplicam-se. A sonoridade parecida de certos nomes reforça a comicidade do texto e a confusão das identidades. Lucêncio, Vicêncio e Hortênsio — personagens com papéis bastante diferentes têm nomes que rimam uns com os outros; também Trânio, Grúmio e Grêmio são nomes de diferentes personagens que se iniciam por grupos consonantais bastante próximos.

São, assim, muitos e sempre muito eficientes os recursos de que se vale aquele inglês que nasceu e viveu há tanto tempo para compor suas histórias. Elas permanecem vivas até hoje em palcos, telas de cinema, programas de televisão e — claro! — em páginas de livros como este.

Linha do tempo
A *megera domada*, de William Shakespeare

Marisa Lajolo
Luciana Ribeiro

1564	Nascimento de William Shakespeare em Stratford-upon-Avon.
1585	Shakespeare inicia, em Londres, carreira como ator, dramaturgo e poeta.
1594/1596	Shakespeare escreve *Sonho de uma noite de verão*.
1599	Shakespeare torna-se sócio da casa de teatro *Globe Theatre*, local em que foram apresentadas suas maiores peças teatrais.
1599/1600	Shakespeare escreve *Hamlet* (encenado pela primeira vez em 1603).
1609	Publicação de *Sonetos* (obra composta por 154 poemas).
1616	Morte de William Skakespeare.
1623	Publicação do *First Folio*, volume que recolhe 36 obras de Shakespeare, sendo 18 inéditas.
1807	Os irmãos Charles e Mary Lamb publicam *Tales From Shakespeare*, obra voltada para o público infantil, que reescreve em forma de contos várias peças de Shakespeare.
1835	No Rio de Janeiro, o ator João Caetano interpreta *Hamlet* (texto traduzido do inglês por J. A. de Oliveira Silva).
1836	Estreia da ópera *Amor Proibido*, de Richard Wagner (inspirada em Romeu e Julieta).

A megera domada

1840	A pedido de João Caetano, J. A. de Oliveira Silva retraduz *Hamlet* a partir, agora, do texto francês de Ducis.
1842	Gonçalves de Magalhães traduz *Othelo* a partir da tradução francesa de J. Ducis (texto encenado por João Caetano).
1845	O teatrólogo brasileiro Martins Pena escreve *Os ciúmes de um pedestre ou o terrível capitão do mato*, primeira obra brasileira a citar uma personagem de Shakespeare (Otelo).
1846	Gonçalves Dias, poeta brasileiro, escreve a peça *Leonor de Mendonça*, inspirada em Otelo.
1853	Almeida Garrett, poeta português, relembra Shakespeare em versos do poema *Ai! Helena* (integrante do livro *Folhas Caídas*).
1853	Álvares de Azevedo, poeta brasileiro, cita Shakespeare em sua obra *Lira dos vinte anos*.
1856	Joaquim Manoel de Macedo, romancista brasileiro, escreve o *Novo Othelo*, paródia da obra Shakesperiana.
1872	Shakespeare é citado no prólogo de *Ressurreição*, de Machado de Assis.
1873	Publicação do Solilóquio de *Hamlet* traduzido por Machado de Assis (texto incluído posteriormente em *Poesias Completas*).
1876	Machado de Assis publica no *Jornal das Famílias* conto intitulado *To be or no to be*.
1881	Machado de Assis cita Shakespeare na abertura de *Memórias póstumas de Brás Cubas*.
1887	Estreia a ópera *Otello* de Verdi, inspirada na obra de Shakespeare.
1929	Adaptação de *A megera domada* para o cinema (adaptação e direção de Sam Taylor. Foram filmadas duas versões: uma muda e outra falada).

19

1933	Publicação de *Hamleto*, a primeira tradução integral de uma obra shakespeariana no Brasil (Tristão da Cunha, Editora Schmidt).
1935	Lançamento do filme *Sonho de uma noite de verão*, de Max Reinhardt.
1938	Lasar Segall desenvolve cenários para o balé *Sonhos de uma noite de verão*, apresentado no Teatro Municipal de São Paulo.
	Estreia do espetáculo *Romeu e Julieta*, apresentado pelo grupo de teatro estudante do Brasil de Paschoal Carlos Magno.
1943	Tradução, por Mário Quintana (Ed. Globo), de *Tales From Shakespeare* (Charles 7 Mary Lamb).
1960	Estreia da ópera *Sonho de uma noite de verão*, de Benjamim Britten.
	Publicação de o *Otelo Brasileiro de Machado de Assis*, trabalho de Helen Caldwell, que estuda a presença de Shakespeare na obra de Machado de Assis.
1965	Estreia, na TV Excelsior, da novela *A indomável*, de Ivani Ribeiro, inspirada na obra *A megera domada*.
1967	Estreia do filme *A megera domada*, direção de Franco Zeffirelli, com Elizabeth Taylor e Richard Burton.
1974	Estreia do espetáculo *Um homem chamado Shakespeare* (texto e direção de Barbara Heliodora).
1978	Mauricio de Sousa homenageia Skakespeare na revista em quadrinhos *Mônica e Cebolinha no mundo de Romeu e Julieta*.
1979	Millôr Fernandes traduz *A megera domada* (L&PM editores, Coleção Pocket).

1985	Lançamento do filme *Ran*, de Akira Kurosawa, inspirado em Rei Lear.
1998	Lançamento de *A megera domada* (por Lacerda Editores. Tradução de Barbara Heliodora). Lançamento do filme *Shakespeare Apaixonado*, dirigido por John Madden.
2000	Estreia, na Rede Globo, da novela *O cravo e a rosa*, de Walcyr Carrasco, inspirada em *A megera domada*.
2001	Lançamento de *Sonho de uma noite de verão* (e-book , L&PM Editores. Tradução de Beatriz Viégas-Faria). Estreia do espetáculo de balé *A megera domada*.
2002	Publicação da peça inédita *O caboclo*, de Aluísio Azevedo e Emílio Rouède, inspirada em *Otelo* (texto escrito originalmente em 1886).
2003	Lançamento do filme *O homem que copiava* (Shakespeare e sua obra são citados no enredo), com Lazáro Ramos e Leandra Leal. Direção de Jorge Furtado.
2006	Grupo Olodum estreia o espetáculo *Sonho de uma noite de verão* (tradução de Barbara Heliodora; direção de Márcio Meirelles).
2008	Estreia o espetáculo *A megera domada* (realização da companhia Teatro do Ornitorrinco. Direção de Cacá Rosset).
2009	Estreia, na TV Globo, a minissérie *Som & Fúria*, cujos personagens são atores envolvidos com a obra de Shakespeare.

	Aberta a exposição *Fame, Fortune & Theft: the Shakespeare First Folio* (relíquias de colecionadores: 82 manuscritos e 10 peças originais).
2011	Sinfônica de Heliópolis e o Coral da Gente apresenta o espetáculo *Sonho de uma noite de verão* (Regência de Isaac Karabtchevsky e narração de Thiago Lacerda).
	Lançamento da coleção Shakespeare em quadrinhos, incluindo *Sonho de uma noite de verão*, de Lilllo Parra e Wanderson de Souza (Editora Nemo).

Referências

+ http://www.barbaraheliodora.com/frames.htm Consulta em: 05.05.2014.
+ http://www.theatromunicipal.rj.gov.br/ballet.html Consulta em: 05.05.2014.
+ http://www.academia.org.br/abl/cgi/cgilua.exe/sys/start.htm?infoid=4275&sid=531 Consulta em: 05.05.2014.
+ http://vejasp.abril.com.br/revista/edicao-2071/releituras-de-shakespeare-estao-presentes-no-mundo-todo Consulta em: 05.05.2014.
+ http://www.uece.br/posla/dmdocuments/agnesbessasilva.pdf Consulta em: 05.05.2014.
+ http://www.maxwell.lambda.ele.puc-rio.br/12701/12701.PDFXXvmi=Fk2C-C9j8quZqg5MX4roh8UuextuqEgkkCmXevinXNmp4sd2xFqQOml4UQzm-vPHRs5PIC86BWt21Xf4vUumKSJOOBnb7eTZHZPpCXwdV2fW0u1vqw-TbpE1efopmEkmlkcMWbkb7mr4mX6TpDOB4sCiJ2J7G4t3pHQnSbz0x25V0cPp-QE2U8FdSIW0o2usscjQ6vp64sc0spQTguWbECowkmxKp3eSfzJl5as9DGa7612mv-ZxbCXJXlhJLkXEBwoXC Consulta em: 05.05.2014.
+ http://www.acidezmental.xpg.com.br/top_10_fraudes_literarias.html Consulta em: 05.05.2014.
+ http://www.ibamendes.com/2011/09/da-presenca-shakespeariana-no-brasil-no.html Consulta em: 05.05.2014.
+ http://www.britannica.com/shakespeare/article-248478 Consulta em: 05.05.2014.
+ http://www.fflch.usp.br/dlcv/lb/index.php?option=com_content&view=article&id=21&Itemid=27 Consulta em: 05.05.2014.

PAINEL DE IMAGENS

Ilustração de William Shakespeare (1564-1616), tirado do "Dramatic Works by William Shakespeare", lançado em Moscou, Rússia, em 1880.

Stratford-upon-Avon, cidade natal de William Shakespeare.

Selo dedicado à *Reconstrução do Shakespeare Globe Theatre*, c. 1995.

Parte interna da casa de teatro *Shakespeare Globe Theatre*, 2011, onde Shakespeare tornou-se sócio em 1599. Neste local foram apresentadas suas maiores peças teatrais.

Estátua de Hamlet.

Capa de *First Foilio*, volume que recolhe 36 obras de Shakespeare, sendo 18 inéditas, publicado em 1623.

José Celso Martinez Corrêa e Christiane Torloni na peça *Hamlet*, no Rio de Janeiro, 1994.

Capa do livro *Tales from Shakespeare*, dos irmãos Charles e Mary Lamb. Obra voltada para o público infantil, que reescreve em forma de contos várias peças de Shakespeare, 1807.

Os atores Paulo Autran, interpretando Otelo, e Tônia Carrero, como Desdêmona, em cena durante a peça teatral *Otelo*, de Shakespeare, no teatro Dulcina, Rio de Janeiro, 1956.

Cena do filme *Hamlet*, com Laurence Olivier, 1948.

Cena do filme *A megera domada*, com Joseph Cawthorn, como Grêmio, Dorothy Jordan, como Bianca, Mary Pickford, como Catarina e Edwin Maxwell, como Batista, 1929. Direção: Sam Taylor

Programa de *Romeu e Julieta*, de 1938, primeira produção do Teatro do Estudante do Brasil.

Cartaz do filme *Sonho de uma noite de verão*, de William Dieterle e Max Reinhardt, 1935.

Cena da ópera *Sonho de uma noite de verão*, de Benjamin Britten, no Royal Opera House, em Londres, 2005.

Cena do filme *A megera domada*, dirigido por Franco Zeffirelli, com Elizabeth Taylor e Richard Burton, 1967.

A revista *Amiga* reproduz na capa o cartaz da novela *A indomável*, de Ivani Ribeiro, inspirada na obra *A megera domada*, exibida pela extinta TV Tupi em 1974.

Cartaz da peça *A megera domada*, por Jenny Schlodtfelt.

Cartaz do filme *A megera domada*, dirigido por Franco Zeffirelli, 1967.

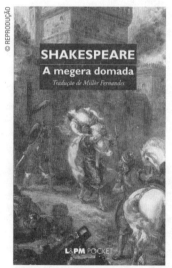

Capa do livro *A megera domada*, traduzido por Millôr Fernandes, 1979.

Adriana Esteves, como Catarina, e Eduardo Moscovis, como Petrúquio, em cena na novela *O cravo e a rosa*, de Walcyr Carrasco, inspirada em *A megera domada*, 2000.

Cena da peça *A megera domada*, com direção de Cacá Rosset, no teatro Sérgio Cardoso, em São Paulo, 2008.

Capa do livro *A megera domada em cordel*, adaptado por Marco Haurélio e ilustrado por Klévisson Viana, 2007.

Cartaz da peça *A megera domada*, do Grupo Teatrama, 2010.

Cartaz da peça O amansar da fera, da Companhia de Teatro Experimental do Funchal, de Portugal. Encenação de Diogo Correia Pinto, 2012.

Capa do livro A megera domada. Tradução e adaptação: Charles e Mary Lamb, ilustrado por Alberto Urdiales.

Janet McTeer e Katherine Hunter em cena da peça A megera domada, no Shakespeare Globe Theatre, em Londres, 2009.

ÀS VOLTAS COM A MEGERA

Walcyr Carrasco

Sempre gostei muito de *A megera domada*. Foi minha fonte de inspiração para escrever a novela *O cravo e a rosa*, exibida três vezes pela Rede Globo de Televisão. Na ocasião, passei a história para o Brasil dos anos 1920: Catarina tornou-se uma feminista e Petrúquio um machão, com ideias tradicionais sobre o papel da mulher na sociedade. A trama foi a mesma: um pai que deseja casar a filha mais velha antes da mais nova. Mas a moça, de tão brava, não encontra pretendentes. Até que um rapaz rude decide se casar com ela. E no final os dois se apaixonam. Além do casal principal, outros nomes eram semelhantes: Batista, o pai; Bianca, a irmã. A novela foi um grande sucesso, mostrando, mais uma vez, que as peças de Shakespeare são eternas, por falarem da condição humana. E não há quem não se divirta com as batalhas entre

Catarina e Petrúquio. Tanto que a peça já teve versão cinematográfica e é montada até hoje com frequência em todo o mundo, embora tenha sido escrita no século XVI.

Shakespeare escreveu *A megera domada* em versos. Adaptei para diálogos em tom coloquial, como é feito por boa parte de seus tradutores. Evitei o tratamento formal entre os personagens. *A megera domada* é uma comédia e, como tal, fica muito divertida se apresentada nos palcos com leveza e bom humor.

Mantive a cidade original: a história se passa em Pádua, na Itália. Mas o texto permite a adaptação para qualquer época. É possível, por exemplo, montar a peça como se acontecesse hoje em dia em uma grande cidade. Ou no campo, ou no Brasil do século passado... enfim, o que vale é a imaginação.

A mesma dose de imaginação também vale para a montagem. Shakespeare dividiu a peça em cinco atos, cada um deles dividido em cenas. Em cada cena havia uma mudança de cenário! Nas montagens modernas, os atos e as cenas, são unidos. A peça fica com um ou dois atos no máximo. Cada mudança de cenário pode ser indicada pela entrada de um elemento de cena, como uma mesa, para mostrar que estão dentro de casa. Conservei as indicações do texto para dar ideias, não para exigir que uma montagem siga tudo exatamente como está escrito. Em teatro o que vale é estimular a imaginação da plateia: uma porta vira a entrada de um palácio, uma cama vira o quarto inteiro! Também se pode indicar a passagem de uma cena para a outra com simples mudanças de luz. Criar o figurino também pode ser muito divertido. Tanto se podem pesquisar os trajes italianos do século XVI como atualizá-los, ou pegar roupas velhas do armário, mesclar estilos. Eu mesmo já vi outra peça de Shakespeare, *Hamlet*, com todos os personagens vestindo *jeans*!

Montar uma peça de teatro pode ser uma grande aventura e também uma forma de trabalhar em grupo, fazer amigos, expressar sentimentos. Mais importante que tudo é entender os personagens, suas motivações, descobrir seu jeito de falar — que muda de ator para ator, é claro!

A leitura da peça também pode proporcionar bons momentos! Quando se lê sozinho, é possível conhecer os personagens, refletir sobre as intenções de cada um. Também é possível realizar uma leitura dramatizada com os amigos, onde todos podem estar sentados, interpretando as intenções de cada personagem. Muitas peças, hoje em dia, são apresentadas em forma de leitura, inclusive para o público! *A megera domada* é leve, divertida e fala de um tema sempre atual: a relação entre homem e mulher. Pois, como sabia Shakespeare, por mais que o tempo passe, a batalha entre os sexos continua existindo!

A megera domada

TEATRO

Personagens

- **Batista Minola**, um rico morador de Pádua
- **Catarina**, filha mais velha de Batista
- **Bianca**, filha mais nova de Batista
- **Petrúquio**, pretendente de Catarina
- **Grúmio**, criado de Petrúquio
- **Curtis**, também criado de Petrúquio
- **Natanael**, **Felipe**, **José**, **Nicolau** e **Pedro**, outros criados de Petrúquio
- **Grêmio**, pretendente de Bianca
- **Hortênsio**, outro pretendente de Bianca
- **Lucêncio**, mais um pretendente de Bianca
- **Trânio**, criado de Lucêncio
- **Biondello**, outro criado de Lucêncio — um garoto ou rapazinho
- **Vicêncio**, pai de Lucêncio
- Viúva
- Professor
- Costureiro
- Vendedor
- Oficial de Polícia

Outros criados

A megera domada

PRIMEIRO ATO

CENA I
UMA RUA NA CIDADE DE PÁDUA, ITÁLIA.

Entram Lucêncio e seu criado Trânio.

Lucêncio — Pádua é uma bela cidade, Trânio! Sempre tive vontade de conhecer esta região da Itália. Melhor ainda, vim em sua companhia! Você é um criado fiel, e meu pai, um homem generoso. Graças à sua riqueza, posso estudar Filosofia e me dedicar às boas ações!

Trânio — Vou lhe dar um conselho: ninguém aproveita os estudos sem se divertir! Dedique-se bastante à Filosofia e à Matemática, patrão! Mas também descanse e se inspire com a música e a poesia!

Lucêncio — Agradeço o que me diz, Trânio. Ah, se Biondello já tivesse chegado, poderíamos nos instalar sem demora. É preciso arranjar uma casa para nos acomodarmos e para receber os amigos! Mas quem são essas pessoas?

Lucêncio e Trânio permanecem à parte, sem participar da cena que se segue.

Entram Batista, Catarina, Bianca, Grêmio e Hortênsio.

Batista — Senhores, não me importunem mais! Estou decidido! Não vou permitir o casamento de Bianca, minha caçula, antes de achar marido para a mais velha. Se um dos dois se interessar por Catarina, tem a minha permissão para namorar, noivar e casar!

Grêmio — (*À parte*) Ela é muito geniosa! (*Para Hortênsio*) Quem sabe, Hortênsio, você e ela não fariam um belo par?

Catarina — (*Para Batista*) Está zombando de mim, pai, me oferecendo como troféu a um desses senhores?

Hortênsio — É o que pensa? Não terá nem namorado nem marido enquanto não for um pouco mais delicada, gentil!

Catarina — De sua parte não há o que temer! Não está nem perto do meu coração. Se eu pudesse, pentearia seus cabelos com um tridente. E maquiaria seu rosto até que se tornasse um palhaço completo!

Hortênsio — Deus me livre desse demônio de saias!

Grêmio — E a mim também, Santíssimo!

Trânio — Ouviu só, patrão? A moça é doida ou abusada.

Lucêncio — Mas veja a outra. Ficou quieta. É doce e tímida! Silêncio, Trânio.

Trânio — Tem razão, meu amo. Vamos continuar quietos e observar!

Batista — Senhores, decidi e vou agir com firmeza! Bianca, vá para dentro. Não quero magoá-la, mas deve permanecer dentro de casa, longe de qualquer pretendente! Não pode namorar! Menos ainda se casar antes de Catarina!

Catarina — Que bonitinha! Nem responde...

Bianca — Minha irmã, está contente com minha decepção? Papai, eu me submeto ao que deseja. Ficarei em casa, na companhia de meus livros e instrumentos musicais.

Lucêncio — Escutou, Trânio?! Que doce resposta!

Hortênsio — Senhor Batista, qual o motivo de tanta rigidez? Lamento que meu amor seja causa de tristeza para Bianca.

Grêmio — Bianca terá que pagar pela língua dessa demônia?

Batista — Conformem-se! Estou resolvido e não pretendo voltar atrás! Entre, Bianca!

Bianca sai.

Batista — Bianca ama a música e a poesia. Contratarei professores para ela e Catarina! (*A Hortênsio e Grêmio*) Se conhecem algum, peçam que me procurem. Pago bem. Não economizo para educar minhas filhas. E agora, adeus! Você fica, Catarina. Vou conversar com Bianca.

Batista sai.

Catarina — Se me disse para ficar, eu entro! Só faltava alguém querer mandar em mim.

Grêmio — Vá para o diabo que a carregue! Qualidades como as suas afugentam qualquer um!

Catarina sai.

Grêmio — Nosso bolo murchou, Hortênsio, podemos perder as esperanças. Por amor à doce Bianca, se encontrar um bom professor, eu o enviarei ao pai dela.

Hortênsio — Farei o mesmo, Grêmio. Somos rivais no amor, mas devemos nos unir em torno de um objetivo!

Grêmio — Qual?

Hortênsio — Arrumar um marido para a irmã mais velha, ora essa!

Grêmio — Um marido?! Só se for um demônio! Apesar do pai rico, não existe um homem tolo o suficiente para se casar com essa criatura infernal!

Hortênsio — Grêmio, muitos rapazes a aceitariam com todos os seus defeitos... se o dote fosse generoso!

Grêmio — Se fosse eu, escolheria ser açoitado diariamente em praça pública!

Hortênsio — Pense bem! Se aparecer um marido para a mais velha, o caminho para Bianca fica livre! Então, ela escolherá um de nós!

Grêmio — Concordo! O importante é encontrar um candidato à mão de Catarina.

Saem Grêmio e Hortênsio.

Trânio — Diga-me, senhor: é possível o amor dominar um homem tão de repente?

Lucêncio — Eu achava impossível! Mas me apaixonei ao olhar para Bianca! Confesso, Trânio! Eu queimo, choro, vou morrer se não conquistar o amor dessa menina tão doce!

Trânio — Não vou perder tempo com conselhos. Se está apaixonado, o único remédio é casar com a moça. Mas, senhor, enquanto a olhava tão fixamente, perdido em seus pensamentos, não deu atenção ao que se passava em torno!

Lucêncio — Fiquei com os olhos cravados no rosto dela. O que houve?

Trânio — A irmã, senhor, a irmã! Gritou, brigou e trovejou. Quase estourou meus ouvidos!

Lucêncio — Eu vi apenas a outra movendo seus lábios, tão vermelhos!

Trânio — Acorde, senhor Lucêncio! Se está realmente apaixonado, deve pensar e agir com rapidez, pois a moça tem outros pretendentes! A irmã mais velha é infernal! E o pai resolveu que, enquanto não se livrar dela, a mais nova não se casa. E a trancou em casa, para que não seja cortejada nem namore!

Lucêncio — Ouvi quando disse que pretende contratar professores para as filhas.

Trânio — Eu também ouvi. E já tenho um plano!

Lucêncio — Também tenho um.

Trânio — Com certeza é o mesmo! O senhor pretende se apresentar como professor para se aproximar da jovem!

Lucêncio — É exatamente o que pretendo fazer!

Trânio — Há um problema. O pai do senhor é um grande comerciante, muito conhecido. Quando souberem que o filho está em Pádua, muita gente importante irá visitá-lo. Logo será conhecido em toda a cidade! Impossível o pai da moça acreditar que é professor!

Lucêncio — Já pensei em tudo! Acabamos de chegar e ninguém ainda me conhece pessoalmente. Pessoa alguma sabe quem é o patrão ou o criado. Você será apresentado como patrão. Terá uma casa luxuosa e empregado, como eu teria. Eu me apresentarei como um professor sem dinheiro, vindo da cidade de Pisa. Vamos, troque o chapéu e a capa comigo.

Trocam as vestimentas.

Trânio — É uma situação muito esquisita, patrão! Mas, se é o que deseja, obedeço!

Lucêncio — Farei tudo para conquistar o amor dessa moça!

Biondello entra.

Lucêncio — Aí vem Biondello. Que demora! Onde esteve, tratante?

Biondello — Eu é que pergunto: onde é que estamos?! Meu amo, Trânio roubou suas roupas? Ou o senhor as dele?

Lucêncio — Participei de uma briga e estão à minha procura. Resolvi me disfarçar com as roupas de Trânio. Ele fingirá ser eu. E você o obedeça, é uma ordem. Enquanto isso, fugirei para me salvar!

Biondello — Sim, senhor!

Lucêncio — (*Para Biondello*) Ouça bem! Não pronuncie o nome de Trânio! Ele se transformou em Lucêncio! Seja discreto! (*Para Trânio*) Preste atenção, Trânio. Você se apresentará como um dos pretendentes à mão da moça! Não me pergunte a razão. Tenho meus motivos e garanto que são excelentes!

Saem.

CENA II
RUA DIANTE DA CASA DE HORTÊNSIO, EM PÁDUA.

Entram Petrúquio e seu criado Grúmio.

Petrúquio — Vim de Verona para rever meus amigos de Pádua. Especialmente Hortênsio. Se não me engano, esta é a casa dele. Bata, Grúmio! Bata com força!

Grúmio — Bater em quem? Alguém ofendeu Vossa Excelência?

A megera domada

Petrúquio — Asno! Faça o que digo e bata-me aqui bem forte! E bata logo, senão arrebento a sua cabeça de pancadas!

Grúmio — Bater no senhor? Eu não! Depois sou eu quem vai pagar o pato.

Petrúquio — Não quer bater? Então eu faço soar a campainha com suas orelhas!

Petrúquio puxa as orelhas de Grúmio.

Grúmio — Socorro, socorro! Meu amo está doido!

Petrúquio — Agora vai tocar quando eu mandar, malandro!

Entra Hortênsio, vindo da casa.

Hortênsio — Que gritaria é essa??? Grúmio! E meu bom amigo Petrúquio! Como estão?

Petrúquio — Hortênsio! Chegou para apartar a briga!

Hortênsio — Que há? Grúmio, vamos resolver essa pendência!

Grúmio — Diga-me, senhor, se não devo abandonar o serviço agora mesmo? Meu patrão pediu que batesse nele, e com pancadas fortes. Eu me recusei e ele se enfureceu!

Petrúquio — Estúpido! Hortênsio, eu ordenei que ele batesse na sua porta. E o patife não me obedeceu!

Grúmio — Bater na porta? Não, o senhor me disse claramente: bata-me! Agora me desmente?

Petrúquio — Cale-se, estou avisando!

Hortênsio — Tenha paciência, Petrúquio. Só foi uma confusão entre patrão e criado. Diga-me, querido amigo, que bons ventos o trazem a esta cidade?

Petrúquio — Os ventos que espalham os jovens pelo mundo. Quero tentar a sorte longe de casa. Meu pai, Antônio, faleceu. Vim para cá com o objetivo de casar bem e vencer na vida.

Hortênsio — Petrúquio, casaria com uma moça detestável, que é o próprio demônio de saias, mas em compensação muito rica? Ah, você é tão meu amigo que não posso desejar essa união.

Petrúquio — Hortênsio, entre amigos como nós não é preciso alongar o assunto. Se conhece uma moça rica o suficiente para se tornar a esposa de Petrúquio, apresente-me! Pode ser feia, não me importa. Brava, menos ainda. Se for rica, casarei muito contente!

Grúmio — (*Para Hortênsio*) Senhor Hortênsio, meu patrão respondeu com franqueza. Se lhe arrumar para esposa uma velha desdentada, mas rica, ele ficará feliz.

Hortênsio — Petrúquio, no início falei brincando. Mas já que fomos tão longe, vou ser sincero. Posso apresentá-lo a uma moça

A megera domada

rica, jovem, formosa e que recebeu a educação de uma dama. Mas é briguenta, brava, geniosa! Mesmo que eu fosse pobre, não casaria com ela nem em troca de uma mina de ouro!

Petrúquio — Não conhece o poder do ouro, Hortênsio! Diga-me o nome do pai da megera, que irei me apresentar. Vou cortejá-la. Caso com ela, mesmo que, em vez de falar, troveje!

Hortênsio — Seu pai é Batista Minola, um cavalheiro rico, simpático e educado. Ela se chama Catarina Minola. É conhecida por sua língua terrível.

Petrúquio — Sei quem é o homem, mas a filha nunca vi. Foi conhecido de meu falecido pai. Hortênsio, quero encontrar a moça sem demora! Vou até a casa dela. Vem comigo?

Grúmio — (*Para Hortênsio*) Eu lhe peço, senhor, não o retenha. Deixe que vá enquanto dura esse capricho. Se a moça o conhecesse tão bem quanto eu, saberia que suas grosserias serão inúteis. Pode insultá-lo à vontade, ele não se abalará. Quando começa, vai até o fim!

Hortênsio — Espere, Petrúquio, vou com você. Meu tesouro está também naquela casa. É a filha mais moça, a jovem Bianca. O pai a oculta de mim, assim como de todos os seus pretendentes! Afirma que Bianca não se casará enquanto Catarina não arrumar marido!

Grúmio — Catarina, a megera!

Hortênsio — Petrúquio, você me fará um favor. Vou me disfarçar. Quero que me apresente ao velho Batista como mestre de música. No papel de professor, posso namorar Bianca sem que ninguém desconfie!

Grúmio — Ih! Os jovens se aliam para enganar os mais velhos!

Entram Grêmio e Lucêncio, já disfarçado de professor.

Grúmio — Senhores, vem gente!

Hortênsio — Não faça referência ao disfarce que usarei, Grúmio. É meu rival que chega. Petrúquio, vamos nos afastar um momento.

Hortênsio e Petrúquio se afastam.

Grêmio — (*Para Lucêncio*) Quando der as lições, você usará somente livros que falem de amor! Use papéis perfumados! Faça como eu digo e, além do que Batista lhe pagar, eu também serei generoso. Qual será o assunto da aula?

Lucêncio — O tema não importa. Tudo que eu falar será para valorizar suas qualidades, senhor!

A megera domada

Grêmio — Assim é que se fala!

Hortênsio — (*Aproxima-se de Grêmio*) Como vai, Grêmio?

Grêmio — Que prazer encontrá-lo, Hortênsio! Sabe para onde vou? Justamente para a casa de Batista Minola. Prometi achar um professor para Bianca. Tive a sorte de encontrar este jovem mestre, que conhece bem a poesia e a literatura.

Hortênsio — Eu também já soube de um excelente músico para ensinar a nossa amada. Mas tenho uma notícia ainda melhor! (*Indica Petrúquio*) Este meu amigo está disposto a namorar Catarina. E casará com ela se o pai prometer um bom dote!

Grêmio — Já sabe de todos os defeitos de Catarina?

Petrúquio — Sei que é briguenta, rude, impertinente. Se for só isso, não vejo nenhum problema.

Grêmio — Se tem coragem, vá em frente! Eu o ajudarei em tudo que for preciso. Mas realmente pretende namorar aquela gata selvagem?

Petrúquio — Acha que me assusto com a língua de uma mulher? Já ouvi o canhão no campo de batalha e o rugir dos leões!

Grúmio — (*À parte*) Ele não tem medo de nada.

Grêmio — Hortênsio, esse rapaz chegou aqui na hora certa! Para nossa vantagem, e dele igualmente!

Hortênsio — Receberá nossa contribuição para os gastos que tiver com a conquista de Catarina.

Grêmio — Concordo! Desde que ele consiga conquistá-la!

Entra Trânio, vestido ricamente, em companhia de Biondello.

Trânio — Cavalheiros, Deus os proteja! Por gentileza, podem me indicar o caminho para a casa do senhor Batista Minola?

Biondello — Aquele que tem duas belas filhas? São elas o motivo de seu interesse, senhor?

Trânio — Exatamente.

Grêmio — Está interessado nas filhas de Batista?

Trânio — Não é da sua conta.

Petrúquio — Certamente não pela que vive zangada!

Trânio — Não gosto das mal-humoradas, senhor. Biondello, vamos indo.

Lucêncio — (*À parte*) Bom começo, Trânio!

Hortênsio — Senhor, uma palavra antes que se vá. É candidato a se casar com a mais jovem?

Trânio — Se for o caso, qual o problema?

Grêmio — É melhor que suma daqui.

Trânio — As ruas não são livres?

Grêmio — As ruas, sim. Mas a jovem não.

Trânio — Qual o motivo, diga, por gentileza!

Grêmio — É a eleita do coração do senhor Grêmio. Ou seja, eu.

Hortênsio — E também do senhor Hortênsio. Neste caso, eu.

Trânio — Acalmem-se, cavalheiros. Escutem-me! A bela Bianca atrai muitos pretendentes. Eu, Lucêncio, entre eles. Quero entrar na disputa.

Grêmio — O quê? Esse fidalgo vai nos deixar falando sozinhos!

Lucêncio — Podem lhe dar rédeas! Ele não passa de um pangaré!

Hortênsio — Senhor, desculpe a minha pergunta. Já viu a filha de Batista pessoalmente?

Trânio — Não, senhor. Mas sei que tem duas filhas. Uma famosa pela língua terrível e a outra por ser encantadora.

Petrúquio — Nem se aproxime da que é brava! Será minha!

Grêmio — Fique à vontade para cortejá-la! Vamos deixar essa empreitada para o grande Hércules. Com certeza essa megera dará mais trabalho sozinha que os outros doze que realizou![1]

[1] Referência à mitologia grega: o herói Hércules realiza doze trabalhos, ou seja, doze façanhas até então consideradas impossíveis.

Petrúquio — Senhores, compreendam meu ponto de vista. A mais moça está sendo vigiada por um pai que proíbe a aproximação de qualquer rapaz enquanto a outra não arrumar marido. Só então a jovem ficará livre! Portanto, é mais fácil casar com a mais velha!

Trânio — Senhor! Se vai nos ajudar a libertar a mais moça, saiba que quem conquistá-la não será ingrato com a sua pessoa!

Hortênsio — Falou muito bem, senhor. Se ambiciona se casar com Bianca, como nós, deve demonstrar gratidão a este rapaz.

Trânio — Proponho passarmos a tarde juntos, brindando à saúde de nossa amada! Somos rivais, mas vamos comer e beber como amigos!

Grúmio e Biondello — Excelente ideia!

Hortênsio — Também concordo. Vamos! E você, Petrúquio, é nosso convidado!

Todos saem.

Fim do primeiro ato

A megera domada

SEGUNDO ATO

CENA I
INTERIOR DA CASA DE BATISTA, EM PÁDUA.

Entram Catarina e Bianca, esta com as mãos atadas e o vestido rasgado.

Bianca — Querida irmã, não me maltrate! Solte minhas mãos! Eu tiro meus enfeites, o vestido e até as anáguas. Faço o que mandar. Conheço meus deveres para com os mais velhos.

Catarina — Diga qual pretendente é seu preferido! E não minta!

Bianca — Acredite, minha irmã, ainda não conheci um homem que me atraia especialmente.

Catarina — Fingida! Não é Hortênsio?

Bianca — Se o ama, minha irmã, eu mesma prometo fazer tudo para que o conquiste.

Catarina — Ah, então prefere um mais rico! Grêmio, que lhe proporcionará uma vida luxuosa!

Bianca — Por causa dele me inveja? Catarina, é piada? Brincando... Percebo que o tempo todo estava brincando comigo! Solte-me as mãos.

53

Catarina — (*Catarina bate em Bianca*) Se isto é brincadeira, então o restante também foi!

Entra Batista.

Batista — Que aconteceu? O que motivou essa grosseria? Pobre menina, está chorando! (*Batista desamarra as mãos de Bianca*) Vá costurar. E você, Catarina, deixe-a em paz! Por que atormenta sua irmã, criatura infernal, se ela nunca lhe fez mal? Nunca lhe disse uma palavra ofensiva?!

Catarina — Seu silêncio é suficiente para eu me sentir insultada! Quero me vingar!

Catarina vai até Bianca, ameaçadora.

Batista — (*Segura Catarina*) Na minha frente? Bianca, vá para dentro.

Bianca sai.

Catarina — Quanto a mim, não me suporta? Ela é o seu tesouro! Deve se casar logo! No dia de seu matrimônio, eu dançarei descalça para comemorar! Por que a idolatra tanto? E eu que vá pentear macacos no inferno! Não responda, papai! Vou para dentro chorar até a hora da vingança.

Catarina sai.

Batista — Há no mundo um homem que padece tanto como eu? Mas... quem está chegando?

Entram Grêmio, Lucêncio (vestido como homem de condição humilde, o Professor Câmbio), Petrúquio em companhia de Hortênsio (que se veste como Lício, o Mestre de Música), Trânio (disfarçado de Lucêncio) e Biondello carregando livros e um alaúde.

Grêmio — Bom-dia, Batista.

Batista — Bom-dia, Grêmio. Que Deus esteja com todos!

Petrúquio — E com o senhor também! Por gentileza, me diga: tem uma filha chamada Catarina, bela e virtuosa?

Batista — Sim, tenho uma filha chamada Catarina.

Grêmio — (*Para Petrúquio*) Foi direto demais! Proceda com diplomacia.

Petrúquio — Prefiro agir da minha maneira (*Para Batista*). Senhor, vim de Verona. Ouvi falar da beleza de sua filha Catarina, de sua doçura, humildade e gentileza! Ouso me apresentar em sua casa na esperança de conhecê-la, para admirar com meus próprios olhos tantas qualidades! Também quero apresentar um de meus homens (*Apresenta Hortênsio*), mestre de música e matemática, disposto a ensinar essas ciências às suas filhas. Aceite suas aulas como um presente de minha parte, ou me sentirei ofendido! Seu nome é Lício!

Batista — Seja bem-vindo! Agradeço o oferecimento do mestre de música! Mas, quanto à minha filha Catarina, estou certo de que não lhe convém, o que lamento.

Petrúquio — Percebo que não deseja separar-se de sua filha. Ou sou eu que lhe desagrado?

Batista — Não me leve a mal! Só disse o que acho! De onde vem? Qual o seu nome?

Petrúquio — Meu nome é Petrúquio, filho de Antônio, um homem que foi bem conhecido em toda a Itália.

Batista — Sim, eu o conheci bem! Mais uma vez, seja bem-vindo, em consideração a seu pai!

Grêmio — Petrúquio, guarde suas palavras e nos deixe falar um pouco. Você já encaminhou muito bem o seu assunto.

A megera domada

Petrúquio — Perdoe-me, Grêmio. Mas ainda não terminei!

Grêmio — Não duvido! Mas assim você põe em risco o resultado do que deseja. (*Para Batista, indicando Hortênsio*) Senhor, as aulas de música são um presente dos melhores, com certeza! Também quero oferecer um professor para suas filhas. Apresento este jovem sábio (*Apresenta-lhe Lucêncio disfarçado de Câmbio*) que é versado em latim, grego e outras línguas. Chama-se Câmbio! Por gentileza, aceite seus serviços!

Batista — Aceito e agradeço mil vezes, Grêmio. Seja bem-vindo, Câmbio. (*Dirige-se a Trânio*) Caro senhor, parece não ser daqui.[2] Qual o motivo da sua vinda?

Trânio — Peço desculpas pela minha ousadia. Realmente não sou da cidade. Mal cheguei e já ouso pretender a mão de sua filha, a bela Bianca. Soube que faz questão de casar primeiro sua filha mais velha. Só peço um favor: acolha-me

[2] No original, Batista refere-se a Trânio como um "estrangeiro". O motivo que leva à fácil identificação de Trânio como alguém que não é da cidade tem razões históricas. Na época, a Itália não era unificada como reino. A luta por sua unificação ocorreu no século XIX e só foi concluída com a assinatura do Tratado de Latrão, em 1929. Na época em que Shakespeare escreveu *A megera domada*, o poder político da Itália pertencia às cidades-estado, como Florença e Veneza, centros comerciais de grande importância. Era comum a guerra entre cidades que tentavam se expandir, e cada uma tinha leis, exército e centro político próprios.

de maneira semelhante à dos outros pretendentes. Tenho o prazer de lhe oferecer este singelo alaúde e esta pequena coleção de livros, para a educação de suas filhas.

Batista — Seu nome é Lucêncio? De onde vem, por gentileza?

Trânio — De Pisa, senhor. Sou filho de Vicêncio.

Batista — Eu o conheço de nome! É poderoso em Pisa! Possui excelente reputação! Seja novamente bem-vindo, senhor! (*A Hortênsio*) Leve o alaúde! (*A Lucêncio*) E você, os livros! Quero que conheçam suas alunas. (*Chama*) Há alguém aí?

Entra um criado.

Batista — Rapaz, conduza os professores até minhas filhas. E que sejam bem tratados!

Sai o criado com Lucêncio e Hortênsio.

Batista — Vamos passear no pomar e depois jantaremos. São todos meus convidados.

Petrúquio — Senhor Batista, não quero perder tempo. Não posso vir todos os dias até aqui para cortejar sua filha. Conheceu meu

A megera domada

pai. Herdei suas terras e seus bens. Vamos falar francamente. Se despertar o amor de sua filha, que dote receberei ao me casar com ela?

Batista — Metade das minhas terras, na ocasião da minha morte. E, desde já, vinte mil coroas.[3]

Petrúquio — Para corresponder a esse dote, garantirei a ela, se ficar viúva, todas as minhas terras e os meus rendimentos, sejam quais forem. Vamos assinar um contrato firmando nosso acordo!

Batista — Concordo. Faremos isso quando conseguir o amor de minha filha, que é o mais difícil!

Petrúquio — É o mais fácil, eu garanto! Sou tão teimoso quanto ela é orgulhosa. Quando duas chamas se confrontam, a fúria que as sustenta logo se extingue. Qualquer fogueirinha cresce com a brisa. Mas uma ventania a apaga sem demora! Serei como um vento forte, e ela cederá. Sou um homem rústico, não namoro como criança.

[3] Coroa: moeda inglesa do século XVI.

Batista — Trate de conquistá-la e seja feliz! Mas prepare-se para ser insultado!

Petrúquio — Sou como um rochedo! Nem um furacão abala!

Hortênsio retorna com a cabeça machucada.

Batista — Que aconteceu, professor? Por que está tão pálido?

Hortênsio — Estou apavorado!

Batista — Como assim? A falta de talento de minha filha é tão grande a ponto de assustá-lo?

Hortênsio — Sua filha tem vocação para o exército! Uma espada pode resistir a ela. Não um alaúde.

Batista — O alaúde quebrou quando ela tentou tocá-lo?

Hortênsio — Não, senhor! Ela arrebentou o alaúde na minha cabeça! Eu só disse que as notas soavam mal e toquei sua mão para colocá-la corretamente sobre as cordas. Irritada, ela retrucou: "É isso que chama de notas? Toque-as você mesmo!". Assim dizendo, bateu-me com o instrumento. E com tanta força que ele me atravessou a cabeça! Fiquei paralisado de susto, olhando através das cordas, enquanto ela me chamava de músico fracassado e outros vinte termos ofensivos.

Petrúquio — Mas que moça robusta! Agora a amo dez vezes mais do que antes! Oh! Estou ansioso para nos conhecermos!

Batista — (*Para Hortênsio*) Não desanime e me acompanhe! Ensinarás somente minha filha mais moça. É paciente e gosta de estudar. (*Para Petrúquio*) Senhor Petrúquio, vem conosco ou prefere que mande chamar minha filha Catarina?

Petrúquio — É melhor mandar chamá-la. Esperarei aqui.

Saem todos, menos Petrúquio.

Petrúquio — Se ela me insultar, direi que sua voz é a de um rouxinol. Se fizer cara feia, direi que tem a expressão suave como as pétalas de rosa. Se ficar muda e emburrada, elogiarei sua eloquência. Se me expulsar, agradecerei como se tivesse implorando para eu permanecer ao seu lado a semana inteira. Se afirmar que não casa, eu marco a data! Ah, está chegando! Agora é com você, Petrúquio.

Entra Catarina.

Petrúquio — Bom-dia, Cati! Ouvi dizer que esse é seu nome!

Catarina — Tem uma audição péssima! Meu nome é Catarina!

Petrúquio — Está disfarçando! Seu nome é simplesmente Cati, a boa Cati e, às vezes, a má Cati. Minha doce Cati, escute-me! Ouço por todo lado elogios à sua doçura, virtude, beleza — embora não tantos quanto merece! E me sinto levado a querê-la como esposa!

Catarina — Levado? Pois quem o trouxe que o leve embora, como se faz com um móvel indesejado!

Petrúquio — Móvel? Eu pareço um móvel? Qual?

Catarina — Um banco!

Petrúquio — Que graça! Sente-se em mim!

Catarina — Asnos são feitos para suportar carga. É o seu caso.

Petrúquio — As mulheres é que carregam os homens antes de nascerem!

Catarina — Mas não um jumento igual a você.

Petrúquio — Ai de mim, gentil Cati. Não pesarei quando estiver em seus braços. É tão jovem, tão leve.

Catarina — Leve demais para ser tocada por um casca-grossa! Mas também sou forte o suficiente para me livrar da sua presença!

Petrúquio — E isso me atrai ainda mais!

Catarina — Falou como um gavião!

Petrúquio — Oh, pombinha delicada, um gavião a agradaria?

Catarina — Para uma pombinha, ele propõe um gavião!

A megera domada

Petrúquio — Vamos, vamos, minha vespa! Está irritada demais!

Catarina — Se sou vespa, cuidado com meu ferrão!

Petrúquio — Meu único remédio é arrancá-lo.

Catarina — Um doido como você não sabe onde ele está!

Petrúquio — No traseiro!

Catarina — Na língua!

Petrúquio — Na língua de quem?

Catarina — Pelo excesso de grosserias, na sua! E quer saber? Adeus!

Ela se vira para sair.

Petrúquio — Adeus como? Volte!

Ele a toma nos braços.

Petrúquio — Gentil Catarina, eu sou um cavalheiro!

Catarina — Vou tirar a prova!

Catarina dá um tapa em Petrúquio.

Petrúquio — Prometo lhe dar uns tapas, se me bater de novo.

Catarina — E mostrará que não é um cavalheiro! Se não age com nobreza, não merece casar comigo!

Petrúquio — Sabe o que de minha nobreza, Catarina?

Catarina — O seu brasão é uma crista de galo!

Petrúquio — Pode ser até um galo sem crista. Desde que Catarina seja a galinha.

Catarina — Jamais será meu galo! Canta como um frango capão!

Petrúquio — Ora, não se exalte tanto!

Catarina — Eu fico assim quando encontro uma maçã podre!

Petrúquio — Aqui não há nenhuma maçã. É desnecessário se irritar.

Catarina — Há sim, há!

Petrúquio — Então me mostre!

Catarina — Se tivesse espelho, mostraria!

Petrúquio — A minha cara?

Catarina — Entendeu bem, apesar da pouca idade.

Petrúquio — Por São Jorge! Sou muito mais moço que você!

Catarina — Então está muito acabado!

Petrúquio — É preocupação por você!

Catarina — Pois eu não tenho nenhuma por sua pessoa!

Petrúquio — Ouça bem: não se livrará de mim.

Catarina — Eu só o irrito. Deixe-me ir embora.

Catarina tenta se libertar.

Petrúquio — De jeito nenhum! Eu a acho muito gentil. Diziam que era grosseira, desagradável e geniosa! Tudo mentira! É simpática, alegre e muito educada! Delicada como uma flor na primavera! Não sabe fazer cara feia, nem morder o lábio, como as jovens temperamentais! Nunca pronuncia palavras ofensivas! E me recebeu com gentileza! Por que dizem que Catarina tem modos bruscos?

Petrúquio solta Catarina.

Petrúquio — Ah, deixe-me vê-la andando, para apreciar a suavidade dos seus movimentos!

Catarina — Imbecil! Ainda quer me dar ordens?

Petrúquio — Ainda mais: embeleza o ambiente com seu porte de princesa!

Catarina — De onde copiou esse discurso?

Petrúquio — Foi improvisado. Falar bem é um dom que herdei de minha mãe!

Catarina — Mãe sábia, filho asno!

Petrúquio — Vamos abandonar essa conversa, por mais agradável que seja. Serei claro: seu pai consente que seja minha esposa.

Já combinamos o dote. Saiba, Catarina, sou o marido ideal para você. Admiro sua beleza, que muito me atrai! A meu lado, deixará de ser selvagem e se tornará gentil e submissa! É comigo que tem de se casar!

Entram Batista, Grêmio e Trânio (com Lucêncio).

Batista — Senhor Petrúquio, como está se dando com minha filha?

Petrúquio — Melhor não podia ser!

Batista — E quanto a você, minha filha? Continua de mau humor?

Catarina — Está me chamando de filha? Que bela prova de amor paterno querer me casar com esse doido, que tenta se impor à minha pessoa!

Petrúquio — Meu sogro, tanto o senhor como todos os que me descreveram Catarina erraram! Se parece uma megera, é para disfarçar a timidez! Não é agressiva, mas muito calma! Conclusão: tão bem nos demos que decidimos casar no próximo domingo!

Catarina — Prefiro vê-lo enforcado no domingo!

Grêmio — Ouviu bem, Petrúquio? Ela quer vê-lo enforcado!

Trânio — Ainda afirma que tudo está perfeito?

Petrúquio — Tenham paciência, senhores! Eu a escolhi para minha esposa! Se ambos estamos contentes, que importa tudo mais?

A megera domada

Quando estávamos sós, combinamos que Catarina continuaria a se mostrar rude socialmente. Mas é incrível como ela me ama! Ah, querida Catarina! Ela se pendurou no meu pescoço e me conquistou com beijos! É surpreendente como uma mulher se transforma quando está sozinha com seu amado! Vamos nos casar, Catarina! Prepare a festa, meu sogro! Tenho certeza de que Catarina será a noiva mais encantadora que já existiu!

Batista — Nem sei o que dizer de tanta felicidade!

Grêmio e Trânio — Parabéns! Seremos suas testemunhas!

Petrúquio — Adeus, meu sogro, minha esposa e meus amigos! Vou para Veneza comprar o necessário para o nosso lar! O domingo está próximo! Quero uma linda festa! Beije-me, Catarina! Domingo estaremos casados.

Saem Petrúquio e Catarina.

Grêmio — Nunca vi um casamento ser decidido tão rapidamente!

Batista — Por minha fé, senhores! Eu me sinto como um comerciante que entra em um negócio arriscado!

Trânio — Era mercadoria encalhada. Agora pode dar lucro.

Batista — Minha única ambição é que esse casamento dê certo!

Grêmio — Petrúquio se saiu bem! Senhor Batista, falemos de sua filha mais moça. Já pode planejar seu casamento! Sou seu vizinho e o primeiro candidato!

Trânio — Mas eu amo Bianca mais do que posso dizer com palavras!

Grêmio — Garoto, não pode amar tanto quanto eu!

Trânio — Velhote, seu amor é gelado!

Grêmio — Mas o amor de um jovem como você esquenta tanto que derrete! Na minha idade o amor floresce!

Trânio — Aos olhos das mulheres o que floresce é a juventude!

Batista — Acalmem-se! Não se conquista o prêmio com conversa, mas pela maneira de agir! Ganhará a mão de Bianca aquele que lhe oferecer a melhor situação financeira! Diga-me, senhor Grêmio, que garante?

Grêmio — Minha casa na cidade está repleta de baixelas de ouro e prata. Minhas cortinas são de ricas tapeçarias. Abarrotei com moedas muitos cofres de marfim! Em minha fazenda, possuo cem vacas leiteiras e cento e vinte bois! Já tenho idade, admito. Mas, se morrer amanhã, tudo isso será dela, caso seja minha enquanto eu viver.

Trânio — Sou o único herdeiro de meu pai! Se casar com a sua filha, deixarei como herança três ou quatro casas em Pisa, tão boas quanto as que possui o senhor Grêmio aqui em Pádua. E também uma renda de dois mil ducados[4] por ano, em terras férteis! Tudo será dela no caso de meu falecimento. Então, Grêmio, levou um golpe?

Grêmio — Dois mil ducados anuais em terra? (*À parte*) Todas as minhas propriedades reunidas não atingem essa soma! (*Para os outros*) Não importa! Ofereço também um navio que navega agora em direção a Marselha! Diga, agora, não levou um tombo com o navio?

Trânio — Meu pai possui três caravelas, dois galeões e doze barcos leves. Eu ofereço tudo isso. Mais ainda o dobro de tudo que disser!

Grêmio — Já ofereci tudo que tenho. Se me aceitar, senhor Batista, ela terá direito a todos os meus bens.

Trânio — Mas sou eu que venço a disputa e me caso com Bianca! Segundo suas próprias regras, senhor Batista. Grêmio está fora da luta.

[4] O ducado era uma antiga moeda com 3,5 gramas de ouro. Foi cunhada pela primeira vez na República de Veneza, em 1284.

Batista — Concordo que sua oferta seja a melhor. Se seu pai confirmá-la, Bianca será sua esposa. Mas diga-me: se você morrer antes dele, qual será a herança de minha filha?

Trânio — Ele é velho, eu sou jovem!

Grêmio — E os jovens não correm o risco de morrer, tanto quanto os velhos?

Batista — Cavalheiros, eis minha decisão: no próximo domingo casa-se minha filha Catarina. (*Para Trânio*) No seguinte, Bianca se casará com você, caso seu pai garanta a promessa. (*Para Grêmio*) Senão, será o escolhido, senhor Grêmio. Agora me despeço. Agradeço a ambos.

Grêmio — Adeus, caro vizinho.

Sai Batista.

Grêmio — Não tenho medo! Seu pai, moleque exibido, será um maluco se entregar tudo o que tem em suas mãos! Na velhice, vai comer as migalhas de sua mesa? Que piada! Uma esperta raposa italiana não cometerá esse desatino!

Grêmio sai.

Trânio — Que se dane a sua pele enrugada! Mas eu o enfrentei com bons trunfos! Botei na cabeça que vou ajudar meu patrão a se casar com Bianca! Portanto, não há motivo para que eu, o falso Lucêncio, não possua um falso pai, supostamente chamado Vicêncio. Que fantástico! Em geral é dos pais que os filhos nascem. Mas, nesta história de amor, graças à minha boa cabeça, é o filho que fará nascer o pai.

Sai Trânio.

Fim do segundo ato

TERCEIRO ATO

CENA I
CASA DE BATISTA, EM PÁDUA.

Entram Bianca, Lucêncio (com livros, disfarçado de Câmbio) e Hortênsio (com o alaúde, disfarçado de Lício). Hortênsio tenta levar Bianca para seu lado para lhe ensinar alaúde.

Lucêncio — Já chega, rabequista! Está muito confiante! Esqueceu a lição que recebeu de Catarina, quando tentou lhe dar aula?

Hortênsio — Pretensioso! Briguento! Esta jovem possui um admirável talento! Depois de uma hora de música, será a sua vez de dar aula!

Lucêncio — Asno! Imbecil! Com certeza não estudou o suficiente sequer para saber o motivo pelo qual se criou a música! Pois saiba! Foi para relaxar a mente depois dos estudos ou das preocupações cotidianas! Permita-me que ensine Latim e Filosofia. Quando eu fizer um intervalo, entrará com sua Harmonia.

Hortênsio — Canalha, não vou aturar suas atitudes!

A megera domada

Bianca — Senhores, ofendem-me duplamente ao se desentenderem por algo que depende de minha escolha. Não sou uma criança na escola para ser mandada. Nem pretendo me escravizar a horários. E, sim, estudar como me agrade! Vamos acabar com as discussões. (*Para Hortênsio*) Enquanto afina o instrumento, estudarei com ele!

Hortênsio — Interromperá a aula quando eu afinar as cordas?

Lucêncio — Neste caso minha aula não acabará nunca! Vá afinando, se conseguir!

Hortênsio tenta afinar as cordas.

Bianca — (*Para Lucêncio*) Onde paramos?

Lucêncio — Aqui! (*Lê*)

Hic ibat Simois, hic est Sigeia tellus

Hic steterat Priami regia celsa senis

Bianca — Traduza!

Lucêncio — "*Hic ibat*", como disse antes; "*Simois*", eu sou Lucêncio; "*hic est*", sou filho de Vicêncio de Pisa; "*Sigeia tellus*", disfarçado para conquistar seu amor; "*Hic steterat*", esse outro Lucêncio que a corteja; "*Priami*", é meu criado Trânio; "*regia*", que assumiu meu lugar; "*celsa senis*", a fim de que possamos enganar o velho.

Hortênsio — Madame, o instrumento está afinado!

Bianca — Vamos ouvir.

Hortênsio toca.

Bianca — Oh, é lamentável! O agudo está estridente!

Lucêncio — Dê uma cuspida na abertura do instrumento, homem, e afine novamente!

Hortênsio volta a afinar o alaúde.

Bianca — Agora eu farei a tradução! *"Hic ibat Simois"*, não o conheço; *"hic est Sigeia tellus"*, não confio em você; *"Hic steterat Priami"*, cuidado para que ele não nos ouça; *"regia"*, não faça suposições; *"celsa senis"*, mas não perca as esperanças.

Hortênsio — Agora já está afinado!

Lucêncio — Exceto o baixo!

Hortênsio — O baixo está perfeito. É seu baixo nível que desentoa! (*À parte*) Como ele é atirado e exibido! O tratante quer conquistar a minha amada! Espertinho, vou ficar de olho nele!

Bianca — (*Para Lucêncio*) Talvez mais tarde acredite em você. Mas ainda desconfio!

A megera domada

Lucêncio — Não há motivo para desconfiança!

Bianca — Devo acreditar em meu mestre! Do contrário teria que discutir muito essa dúvida! Mas deixe pra lá. Agora, Lício, é sua vez! Queridos professores, não me levem a mal por ter brincado com os dois!

Hortênsio — (*Para Lucêncio*) Vá passear! Quero ficar sozinho com minha aluna! Na aula não devem estar três!

Lucêncio — Quanta formalidade! Vou esperar. (*À parte*) E vigiar! Ou muito me engano, ou nosso bom músico também está apaixonado!

Lucêncio move-se para longe dos dois.

Hortênsio — Senhora, antes de dedilhar as cordas, deve aprender os rudimentos da música. Vou lhe ensinar a escala de uma maneira mais rápida, agradável e eficiente do que qualquer outro professor até agora. Está aqui neste papel, lindamente bem escrita!

Bianca — Mas já aprendi a escala há muito tempo!

Hortênsio — Faço questão que leia a escala de Hortênsio.

Bianca — (*Lê*) Escala de dó:

Sou a escala, base de toda a harmonia.

"A RÉ": Para entoar o amor de Hortênsio,

"B MI": Bianca, aceite-o como marido.

"C FÁ DÓ": Pois ele a ama de coração.

"D SOL, RÉ": Uma clave, duas notas tenho eu.

"E FÁ MI": Tenha pena de mim, ou morrerei.

Chama isso de escala? Eu não gostei! As antigas me agradam mais!

Eu não sou caprichosa a ponto de trocar as regras por invenções

bem esquisitas.

Entra um criado.

Criado — Senhorita, seu pai pede que deixe os livros e ajude a
arrumar o quarto de sua irmã. Amanhã ela se casa!

Bianca — Adeus, queridos mestres, preciso ir.

Saem Bianca e o criado.

Lucêncio — Se ela vai, não tenho motivo para ficar.

Lucêncio sai.

Hortênsio — Mas eu tenho motivo para espionar o espertinho! Tem jeito de estar apaixonado! E que forma de agir a de Bianca! Se ela se interessa por qualquer um, que escolha quem quiser! Se novamente se comportar como agora, eu desisto, por ter modos tão diferentes!

Hortênsio sai.

CENA II
RUA DE PÁDUA, DIANTE DA CASA DE BATISTA.

Entram Batista, Grêmio, Trânio, Catarina (vestida de noiva), Bianca, Lucêncio (como Câmbio) e convidados para o casamento.

Batista — (*A Trânio*) Lucêncio, hoje é o dia marcado para o casamento de Catarina e Petrúquio. Mas não sei onde está meu futuro genro! Não veio! Que vão dizer? Vão debochar de mim e de minha filha, se o noivo não aparecer! Que pensa, Lucêncio, de tamanha vergonha?

Catarina — A maior vergonha é a minha! Fui forçada a conceder minha mão, apesar de meu coração ser contra, a um louco grosseiro e caprichoso que se apressou para noivar, mas tem preguiça de casar! Já havia dito que se tratava de um maluco! Graceja para parecer simpático, mas é um bruto! Namora mil mulheres, marca o casamento e exige a festa, sem nunca ter tido a intenção de cumprir a promessa! Agora, o mundo apontará o dedo para mim, a pobre Catarina, e dirá: "Olhem! Lá vai a mulher do doido do Petrúquio. Quando tiver vontade, ele voltará para casar-se com ela!".

Trânio — Paciência, gentil Catarina, paciência! As intenções de Petrúquio são excelentes! Algum imprevisto aconteceu para ele não chegar até agora! É um pouco rude e muito brincalhão. Mas é um homem sério.

Catarina — Quem dera eu nunca o tivesse visto!

Catarina sai chorando, seguida por Bianca e outros.

Batista — Vai, filha. Não posso reprovar suas lágrimas. Uma santa se envergonharia de tamanha injúria. Mais ainda uma moça temperamental!

Entra Biondello.

Biondello — Senhor, senhor! Trago novidades tão velhas como nunca ouviu antes!

Batista — Novidades velhas? O que isso significa?

Biondello — Não é uma boa notícia a chegada de Petrúquio?

Batista — Veio, enfim?

Biondello — Não, senhor!

Batista — Então qual é a notícia?

Biondello — Que ele está vindo!

Batista — Mas aqui quando chegará?

Biondello — Quando estiver onde estou e possa ver o senhor como eu o vejo!

Trânio — Explique quais são as novidades velhas!

Biondello — Petrúquio vem com um chapéu novo e casaco velho; calças pra lá de usadas; um par de botas arrebentadas, uma de fivela e outra de amarrar; uma velha espada enferrujada, com o punho quebrado e sem bainha; o cavalo sem arreios, só uma sela carcomida, estribos diferentes, pelado como um rato e infestado de carrapatos.

Batista — Quem vem com ele?

Biondello — Ó, senhor! Seu lacaio está arrumado igual ao cavalo, com meias diferentes e chapéu velho! É um traje pavoroso, nem de longe é adequado ao criado de um cavalheiro!

Trânio — Petrúquio deve ter se arrumado assim por capricho. Embora, no dia a dia, ande sempre malvestido.

Batista — É um alívio que ele chegue, não importa de que jeito!

Biondello — Mas ele não vem, senhor!

Batista — Mas não disse que ele estava chegando?

Biondello — Quem? Petrúquio?

Batista — Exatamente!

Biondello — Não, eu disse que seu cavalo estava chegando, com ele no lombo!

Batista — É a mesma coisa!

Biondello — Homem e cavalo não são a mesma coisa. Homem é homem, cavalo é cavalo.

*Entram Petrúquio e Grúmio, vestidos
de acordo com a descrição.*

Petrúquio — Onde está todo mundo?

Batista — Seja bem-vindo, senhor!

Petrúquio — Mesmo sem ter chegado bem.

Batista — Ao menos não está doente!

Trânio — Mas não se trajou como seria adequado!

Petrúquio — Foi a pressa de chegar! Cadê Catarina? A minha encantadora noiva? Como vai, meu sogro? Por que parecem

A megera domada

zangados e me encaram como se eu fosse um cometa ou um estranho prodígio?

Batista — Senhor, hoje é o dia do seu casamento! Até há pouco estava preocupado, temendo que não viesse! Agora me irritei ao vê-lo com essa aparência. Vamos, tire esses trajes vergonhosos, que destoam de nossa festa!

Trânio — Teve motivos importantes para se atrasar? O que o levou a aparecer vestido desse jeito?

Petrúquio — Contar seria um tédio. Ouvir, pior ainda! O importante é que vim cumprir minha palavra, apesar de falhar em alguns pontos. No momento adequado, darei minhas desculpas e minhas explicações serão perfeitamente satisfatórias. Onde está Catarina? A manhã está passando! Já devíamos estar na igreja!

Trânio — Não se apresente diante de sua noiva vestido de forma tão imprópria! Vamos a minha casa, eu lhe emprestarei minhas roupas!

Petrúquio — De jeito nenhum! Quero ver minha noiva sem perda de tempo!

Batista — Não pretenda casar vestido assim!

Petrúquio — Quero subir ao altar exatamente como estou! É melhor não tocar mais nesse assunto! Ela se casará comigo e não com minhas roupas! Mas que bobagem perder tempo conversando! Vou dar bom-dia a minha noiva e lhe oferecer um beijo amoroso!

Saem Petrúquio e Grúmio.

Trânio — Deve ter suas razões para se vestir assim! Vamos tentar convencê-lo de que deve se arrumar melhor antes de ir à igreja.

Batista — Vou atrás dele, para ver no que isso vai acabar!

Saem Batista, Grêmio e convidados.

Trânio — (*A Lucêncio*) Patrão, ao amor de Bianca deve-se acrescentar o consentimento de seu pai. Para obtê-lo, vou procurar alguém que se passará por seu pai, Vicêncio de Pisa! Fingindo ser ele, garantirá um dote ainda maior que o já prometido por mim! Vai realizar seu desejo e se casar com Bianca!

Lucêncio — Se meu colega, o professor, não vigiasse tanto Bianca, fugiríamos para nos casar escondidos! Não me importariam os comentários! Ninguém mais a tiraria de mim!

Trânio — Casar escondido é boa ideia! Mas é melhor ir passo a passo! Será preciso enganar o pretendente velhote, Grêmio, o pai desconfiado, Batista, e o estranho professor de música, Lício. Mas eu consigo! Farei tudo pelo meu patrão, o verdadeiro Lucêncio!

Grêmio retorna.

Trânio — (*Para Grêmio*) Senhor Grêmio, vem da igreja?

Grêmio — E tão alegre quanto um garoto!

Trânio — O casamento se realizou? A noiva e o noivo estão vindo para casa?!

Grêmio — Nem me fale no noivo! É um homem bruto, grosseiro! A pobre coitada vai ver o que arrumou!

Trânio — Pior que ela é impossível!

Grêmio — Ele é um demônio!

Trânio — Então não há marido mais adequado! Ela é uma diaba!

Grêmio — Imagine! Ela é um cordeiro, uma pomba, uma tola ao lado dele! Vou contar tudo o que aconteceu! Quando o padre perguntou se aceitava Catarina como esposa, ele exclamou: "Que se dane, sim!". Em seguida, gritou e praguejou com tal fúria que o sacerdote, abismado, deixou cair o livro dos sacramentos no chão! Quando se curvou para pegá-lo, o noivo lhe deu um empurrão! Padre e livro, livro e padre rolaram no chão da igreja!

Trânio — E a noiva?

Grêmio — Ela tremia, enquanto o noivo batia com o pé e praguejava, como se o padre tivesse a intenção de ridicularizá-lo! Depois da cerimônia, pediu vinho! Ergueu a taça e gritou: "À saúde de todos!", como se estivesse em um navio bebendo com os marujos depois de uma tempestade! Virou o vinho em um trago. E atirou a sobra na cara do sacristão! Depois, puxou a noiva pelo pescoço e deu-lhe um beijo na boca com um estalo tão alto que ecoou em toda a igreja! Envergonhado, vim para cá! Atrás de mim, chegam os convidados! Ouçam, ouçam... os músicos estão tocando!

Música.
Voltam Petrúquio, Catarina, Bianca, Batista, Hortênsio
(como Lício), Grúmio, músicos e o cortejo de convidados.
A música para.

Petrúquio — Caros amigos e convidados, agradeço sua presença! Estou certo de que contavam com minha companhia para o jantar de comemoração. Mas tenho negócios urgentes a tratar. E me despeço aqui mesmo!

Batista — Pretende partir esta noite?

Petrúquio — Antes que escureça! Não se espante. Se conhecesse meus motivos, me animaria a ir, em vez de pedir para eu ficar! Agradeço a todos que testemunharam minha união com a mais paciente, doce e virtuosa das esposas! Jantem com meu sogro e bebam à minha saúde! Mas preciso ir! Adeus a todos!

Trânio — Ao menos fique para comer!

Grêmio — Nós suplicamos!

Petrúquio — Impossível!

Catarina — Eu também peço para ficar. Concorda?

Petrúquio — Que alegria!

Catarina — Ah, decidiu permanecer?

Petrúquio — Estou contente que me peça para ficar. Mas não ficaria, mesmo que insistisse.

Catarina — Se me ama, fique!

Petrúquio — Grúmio, meus cavalos!

Grúmio — Já estão prontos, patrão!

Catarina — Faça o que preferir! Não irei agora! Nem hoje, nem amanhã, até que tenha vontade! A porta está aberta! Siga em frente! E vá trotando! Eu só saio da casa do meu pai quando me convier! Com certeza será um marido grosseiro, se já começa com tanta falta de educação!

Petrúquio — Querida, acalme-se! Não se zangue!

Catarina — Estou zangada, sim! Tranquilize-se, meu pai, nós ficaremos! Ele é obrigado a me esperar!

Grêmio — Certamente! Vai começar a festa!

Catarina — São todos convidados para o banquete nupcial! Venham! Uma mulher se arrisca a ficar louca, se não tiver personalidade para resistir!

Petrúquio — Que vão todos para o banquete! Você manda, Catarina! Obedeçam à noiva, festejem, divirtam-se, fartem-se! Bebam! Quanto a você, minha gentil Catarina, deve seguir-me. Não, não é preciso arregalar os olhos nem bater os pés no chão! Não se admire, nem se irrite! Você agora me pertence! Minha esposa faz parte de meus bens, como minha casa, meus móveis, minhas terras, meu celeiro, meu cavalo, meu boi, meu burro! Ai de quem ousar tocar nela! Ai de quem tentar me deter! Grúmio, desembainhe a espada! Que ninguém a tire de mim! Não tenha medo, gentil Catarina! Serei seu escudo contra um milhão de inimigos!

Saem Petrúquio, Catarina e Grúmio.

Batista — Deixem esse casal tão calmo partir!

A megera domada

Grêmio — Se não fossem embora depressa, eu arrebentaria de tanto rir!

Trânio — De todas as uniões malucas, essa foi a maior!

Lucêncio — (*A Bianca*) Qual é sua opinião sobre o casamento de Catarina?

Bianca — É uma doida unida a um louco!

Grêmio — Garanto que Petrúquio está encatarinado!

Batista — Meus convidados: vazios estão os lugares da noiva e do noivo, mas ofereço a mesa cheia de gulodices. Lucêncio, sente-se no lugar do marido. E Bianca no da irmã.

Trânio — A bela Bianca vai ensaiar para o papel de noiva?

Batista — Sim, Lucêncio! Venham todos para a festa!

Todos saem.

Fim do terceiro ato

QUARTO ATO

CENA I
HALL DA CASA DE PETRÚQUIO NO CAMPO.

Entra Grúmio.

Grúmio — Que se danem todos os cavalos exaustos, todos os patrões loucos e todas as estradas esburacadas! Alguém já viu um homem tão abatido, tão cansado? Fui enviado na frente para acender a lareira para eles se esquentarem ao chegar! Meus lábios poderiam se congelar grudados em meus dentes, minha língua contra o céu da boca, meu coração no estômago, antes que me convidassem a sentar diante das chamas da lareira! Mas, enfim, soprando o fogo, me aquecerei! Com o tempo que está fazendo, até um sujeito mais forte do que eu se resfriaria! (*Chama*) Curtis!

Entra Curtis.

Curtis — Que voz tiritante?
Grúmio — Virei um pedaço de gelo! Faça fogo, Curtis!

Curtis — O patrão e sua esposa estão para chegar, Grúmio?

Grúmio — Oh, sim, Curtis! Sim! É preciso acender o fogo!

Curtis — Ela é uma megera tão esquentada quanto comentam?

Grúmio — Ao menos era antes de passar por uma nevasca! O inverno doma o homem, a mulher e o animal! O patrão domou a nova patroa. E também a nós, caro Curtis!

Curtis — Mais cuidado, baixinho sem graça! Eu não sou animal para ser domado!

Grúmio — Concordo quando me chama de baixinho! Sou bem menor que seus chifres! Não vai acender o fogo? Vou me queixar a nossa patroa, que está chegando!

Curtis — (*Enquanto acende o fogo*) Diga, caro Grúmio, como anda o mundo?

Grúmio — Frio, Curtis! Acenda o fogo! A patroa e o patrão vêm vindo, quase congelados até a morte!

Curtis — (*Com o fogo aceso*) Já acendi! Agora, Grúmio, me conte as novidades!

Grúmio — Conto tudo que quiser saber! E se não souber, invento!

Curtis — Hoje você não para de brincar!

Grúmio — Atice o fogo, ainda tremo de frio! E o cozinheiro onde está? A refeição já foi terminada? A casa arrumada, as camas feitas? Espanaram as teias de aranha? Os criados vestiram os uniformes?

As vasilhas brilham? Os tapetes estão estendidos no chão? Está tudo em ordem?

Curtis — Tudo está muito bem-arrumado! Agora, por favor, conte as novidades!

Grúmio — Meu cavalo está exausto. E o patrão e a patroa despencaram na lama.

Curtis — Como assim?

Grúmio — Caíram de cima do cavalo! É uma longa história.

Curtis — Tenho tempo, pode contar.

Grúmio — Aproxime a orelha.

Curtis — (*Aproximando a orelha*) Assim?

Grúmio — (*Dá um tapa na orelha de Curtis*) Tome!

Curtis — Eu quero ouvir, não sentir as novidades!

Grúmio — Assim você fica mais sensível à história! Só quis alertá-lo para me escutar! Ouça: descemos um morro íngreme, o patrão na garupa da patroa...

Curtis — Ambos no mesmo cavalo?

Grúmio — Que importância tem?

Curtis — Importância tem para o cavalo, que levou dois em vez de um!

Grúmio — Se pretende continuar falando, conte você mesmo a história! Se não me interrompesse tanto, já saberia que o cavalo caiu com a patroa embaixo, enfiada no lamaçal! Foi obrigada a patinhar pela lama para sair! O tempo todo ele praguejava! Ela implorava que parasse, embora nunca tivesse implorado antes! Gritei! Os cavalos correram! E aconteceram muitas outras coisas dignas de serem lembradas!

Curtis — Pelo que conta, ele é pior que ela!

Grúmio — Sem dúvida. É o que tanto você como até o menos perspicaz de todos nós descobrirão em breve. Mas para que continuar com esse assunto? Chame Natanael, José, Nicolau, Felipe, Walter, Docinho[5] e os outros criados! Todos devem se apresentar com os cabelos penteados e os uniformes impecáveis! Ordene que façam reverências com a perna esquerda e proíba de sequer tocarem a cauda dos cavalos antes de beijarem as mãos do casal! Já estão prontos?

Curtis — Estão sim!

Grúmio — Pode chamá-los!

[5] No original, *Sugarsop*, um apelido que equivaleria a "torrão de açúcar". Preferi usar "Docinho" por ser mais coloquial.

Curtis — Ei! Estão me ouvindo? Venham enfrentar o patrão e dar as caras para a patroa!

Grúmio — Mas ela já tem a própria cara!

Curtis — E quem não sabe disso?

Grúmio — Você não sabe. Chamou os outros para darem as caras a ela!

Curtis — Quis dizer para demonstrarem que dão crédito a ela como patroa!

Grúmio — Ela não precisa fazer nenhum empréstimo para precisar de crédito!

Entram vários criados.

Natanael — Bem-vindo, Grúmio!

Felipe — Como vai, Grúmio?

José — E aí, Grúmio?

Nicolau — Grúmio, meu amigo!

Natanael — Tudo bem, velho?

Grúmio — Bem-vindos! Como vão? E aí, amigos? Pronto, já nos saudamos o suficiente. Agora só me digam: está tudo pronto, tudo limpo?

Natanael — Tudo em cima! Agora diga, a que distância está o patrão?

A megera domada

Grúmio — Bem próximo! Quase desmontando! De modo que... silêncio! Estou ouvindo o patrão!

Entram Petrúquio e Catarina, ambos enlameados.

Petrúquio — Onde está essa cambada? Não havia ninguém na entrada para segurar meu estribo e pegar meu cavalo! Onde estão Natanael, Gregógio, Felipe?

Todos os criados — Aqui, senhor! Aqui, senhor! Aqui, senhor!

Petrúquio — Aqui, senhor! Aqui, senhor! Aqui, senhor! Seus caras de pau! Criados sem educação! Como? Ninguém aparece? Nenhuma atenção? Nenhum respeito? Onde está o imbecil que mandei na frente?

Grúmio — Aqui, senhor! Tão imbecil quanto antes!

Petrúquio — Asno! Incompetente! Não mandei me esperar na entrada, junto com esses malandros?

Grúmio — Senhor, Natanael estava sem casaco, as botas de Gabriel estavam sem salto, o chapéu de Pedro desbotado e a adaga de Walter sem bainha! Só estavam prontos Adão, Ralph e Gregório! Os outros pareciam mendigos! Mas estão aqui para cumprimentá-lo!

Petrúquio — Saiam, tratantes, e me tragam a refeição!

93

[6] Ele canta parte de uma antiga balada, hoje perdida.

Os criados saem.

Petrúquio — (*Canta*)
>"Que foi feito da vida que eu levava
>Onde estão esses…"[6]
>Sente-se, Catarina, seja bem-
>>-vinda! Comida!
>Comida! Comida!

Os criados entram com o jantar.

Petrúquio — Finalmente! Doce Catarina, demonstre sua felicidade! E vocês, safados, me tirem as botas! Rápido.

Um criado se ajoelha para tirar as botas de Petrúquio.

Petrúquio — (*Canta*)
>"Um frade de hábito puído
>Escolheu um caminho sofrido…"[7]
>Fora, canalha! Está me arran-
>>cando o pé!

[7] Outro trecho da referida balada.

A megera domada

Petrúquio dá um tapa no criado.

Petrúquio — Tire a outra e ponha as duas juntas!

A segunda bota é tirada.

Petrúquio — Alegrem-se, minhas mimosas! (*Aos criados*) Tragam água! Depressa!

Entra um criado com água.

Petrúquio — Onde está meu cachorro, Troilus? Você, malandro, vá buscar meu primo Fernando!

Criado sai.

Petrúquio — Deve ser gentil com meu primo, Catarina! (*Aos criados*) Cadê meus chinelos? E minha água?

Um criado lhe oferece uma bacia.

Petrúquio — Lave-se, Catarina, lave-se! E de coração lhe desejo boas-vindas!

Ele faz o criado derrubar a água.

Petrúquio — Tratante! Você a deixou cair!

Ele castiga o criado.

Catarina — Por favor, seja paciente! Ele não fez por querer.
Petrúquio — É um inútil, tem cabeça de mosquito! Sente-se, Catarina, sei que está faminta!

Ela senta-se à mesa.

Petrúquio — Rezará para agradecer a Deus, Catarina? Ou rezo eu? (*Ao criado*) Que é isso? Perna de carneiro?
Criado — Sim, senhor.
Petrúquio — Quem trouxe?
Pedro — Eu!
Petrúquio — Está queimada! Que cães! Onde está o safado do cozinheiro? Como se atreveram, canalhas, a trazê-la da cozinha e nos servi-la torrada, sabendo que eu não suporto? Levem essa porcaria de volta, mais os copos, pratos, talheres e tudo o mais!

Petrúquio atira a perna de carneiro e tudo o mais nos criados.

A megera domada

Petrúquio — Vadios! Ingratos! Como? Estão resmungando? Eu dou um jeito em todos vocês!

Criados saem às pressas.

Catarina — Acalme-se, meu marido! A carne tinha aparência apetitosa, teria me satisfeito com ela!

Petrúquio — Estava queimada e ressecada, Catarina! Estou expressamente proibido de tocar carne tão malfeita! Provoca cólera e enraivece! Melhor morrer de fome do que comer carne excessivamente assada! Tenha paciência! Amanhã tudo entrará nos eixos! Esta noite jejuaremos juntos! Vem, vou conduzi-la ao quarto nupcial!

Petrúquio e Catarina saem.
Voltam os criados, separados, incluindo Natanael, Pedro, Grúmio e Curtis.

Natanael — Pedro, já assistiu a alguma cena parecida?
Pedro — Ele a derrota com seu próprio gênio mal-humorado.
Grúmio — Onde ele foi agora?

Curtis — Para o quarto dela. Despeja um sermão sobre a continência. Grita, pragueja, ruge, e ela, pobre alma!, não sabe o que fazer para enfrentá-lo, encará-lo ou responder! Senta-se como se tivesse sido acordada de surpresa! Vamos sair, ele está voltando!

Eles saem.
Entra Petrúquio.

Petrúquio — Iniciei meu reinado com uma hábil estratégia! É grande minha esperança de sucesso. Minha ave está inquieta pelo jejum forçado! Mas até que abaixe as asas, Catarina ficará de barriga vazia. Senão, nem olharia para a isca! É o jeito de domesticar esse pássaro selvagem e ensiná-lo a conhecer o chamado do dono! Hoje ela nada comeu, nem comerá! Não dormiu a noite passada, na viagem, nem dormirá nesta aqui! Assim como fiz com a comida, inventarei um defeito para me queixar da cama! Em seguida, jogarei para longe os travesseiros e o colchão, num canto a colcha, em outro os lençóis! E no meio da balbúrdia, aos berros, direi que tudo faço por cuidado e respeito a ela! Em consequência, ela permanecerá a noite toda acordada! Se cochilar, eu grito, esbravejo, reclamo! O barulho a manterá de olhos abertos! Eu a arrasarei com falsas gentilezas! Só assim dominarei seu gênio violento e teimoso. Se alguém conhecer um método melhor para domar uma megera, que fale agora![8]

Petrúquio sai.

CENA II
DIANTE DA CASA DE BATISTA, EM PÁDUA.

Entram Trânio (como Lucêncio) e Hortênsio (como Lício).

Trânio — É possível, amigo Lício, que Bianca se interesse por outro além de Lucêncio? Garanto que ela me dá as maiores esperanças!

Hortênsio — Para convencê-lo de minhas palavras, ficaremos fora de vista. E veremos como dá aulas aquele espertinho!

[8] É interessante como Shakespeare usa referências em seu texto. Nas cerimônias de casamento, tradicionalmente, há o momento em que o padre pede, se alguém tiver alguma coisa contra, "que fale agora". Shakespeare constrói uma frase com o mesmo tom, mas outro sentido.

[9] Referência a *Ars amatoria* (*A arte de amar*), do poeta Ovídio.

Os dois vão para o lado.

Entram Bianca e Lucêncio (como Câmbio).

Lucêncio — Aprecia nossas leituras?

Bianca — Responda primeiro: que está lendo, professor?

Lucêncio — Leio o que ensino: *A arte de amar.*[9]

Bianca — E pode provar que é mestre em sua arte?

Lucêncio — Somente se você, doce amada, aceitar meu coração.

Os dois se beijam e trocam carinhos.

Hortênsio — Progressos rápidos, casamento mais ainda! Ainda jura que Bianca ama só você, Lucêncio?!

Trânio — Oh, amor injuriado! Como são inconstantes as mulheres! Eu confesso, Lício, é surpreendente!

Hortênsio — Chegou a hora de dizer a verdade, não quero mais enganá-lo. Não me chamo Lício, nem sou músico como aparento. Sou um homem envergonhado por lançar mão desse disfarce na esperança de conquistar uma mulher que desdenha um cavalheiro e prefere um malandro! Meu verdadeiro nome é Hortênsio!

Trânio — Hortênsio, já me falaram muito sobre seu afeto por Bianca. Agora meus olhos se tornaram testemunhas do comportamento frívolo dessa jovem! Se concordar, juraremos renunciar ao amor de Bianca para sempre!

Hortênsio — Sim, veja como se beijam e trocam carinhos! Lucêncio, aperte minha mão! Juro nunca mais cortejá-la! Não merece meu afeto, nem as delicadezas que lhe oferecia!

Trânio — Faço o mesmo juramento! Jamais me casaria com ela, mesmo que me implorasse! Adeus para ela! Veja como essa namoradeira se atira em cima do rapaz!

Hortênsio — Desejo que todo mundo, menos ele, a abandone! De minha parte, permanecerei fiel ao juramento! Em três dias eu me caso com uma viúva rica, que não deixou de me amar enquanto corri atrás dessa criatura! Adeus, Lucêncio! De agora em diante, é a bondade, e não a beleza exterior, que conquistará meu amor!

Hortênsio sai. Trânio se aproxima de Bianca e Lucêncio.

Trânio — Bianca, receba dos céus a graça de um amor abençoado! Assisti aos dois namorando! Tanto afeto me causa admiração! E renunciei à sua mão, juntamente com Hortênsio!

Bianca — Está brincando! Ambos desistiram de casar comigo?

Trânio — Renunciamos, sim!

Lucêncio — Então, estamos livres de Lício!

Trânio — Garanto que sim! Foi atrás de uma viúva que o ama, com a qual pretende contrair matrimônio.

Bianca — Que tenha boa sorte!

Trânio — Sim, e que ele dome a viúva!

Bianca — Segundo acredita!

Trânio — Conseguirá, sem dúvida! Ele passou por uma escola onde se aprende a domar.

Bianca — Uma escola de domadores? Existe?

Trânio — Sim! E Petrúquio é o mestre! Ele ensina todos os artifícios para domar uma megera e adoçar sua língua impertinente!

Entra Biondello.

Biondello — Senhor, procurei até cansar, mas finalmente encontrei um anjo velho descendo a colina. Tem o aspecto que me pediu.

Trânio — Quem é ele, Biondello?

Biondello — Um comerciante ou um professor, não sei exatamente. Mas, devido ao aspecto e aos modos formais, passará por pai do patrão.

Lucêncio — Que pretende com ele, Trânio?

Trânio — Se acreditar na minha história, aceitará feliz em se passar pelo senhor Vicêncio e garantirá o dote de Bianca a Batista Minola, como se fosse seu verdadeiro pai. Agora, leve para dentro a sua namorada e me deixe sozinho!

Saem Lucêncio e Bianca. Entra o professor.

Professor — Bom-dia, senhor.

Trânio — Bom-dia para o senhor também! Seja bem-vindo! Está de passagem pela cidade ou aqui é seu destino final?

Professor — Minha estadia será de uma ou duas semanas. Depois, sigo para Roma e posteriormente para Trípoli, se Deus quiser.

Trânio — De onde é, por gentileza?

Professor — De Mântua!

Trânio — De Mântua? Veio para Pádua sem temer por sua vida?

Professor — Minha vida, senhor? Que risco corro eu?

[10] Veneza era, então, uma cidade independente, governada por um duque. Na época, exercia o domínio também sobre Pádua e Pisa. O decreto do Duque de Veneza, assim, tinha força de lei sobre todos os habitantes de Pádua, o que torna a invenção de Trânio verossímil para o professor.

Trânio — Não soube do decreto, espalhado por toda a cidade? Todo habitante de Mântua que vier a Pádua está condenado à morte! Também não sabe o motivo? Os navios de Mântua foram apreendidos em Veneza, por causa de uma briga particular entre o Duque de Veneza e o de Mântua![10] É terrível! Só pode ser recém--chegado, do contrário já teria ouvido a notícia!

Professor — Ai de mim, senhor! Minha situação é péssima, porque trago notas promissórias de Florença para resgatar aqui!

Trânio — Bem, senhor, por solidariedade, desejo ajudá-lo. Diga-me: já esteve em Pisa?

Professor — Sim, várias vezes. É famosa pela seriedade de seus cidadãos.

Trânio — Conheceu um homem chamado Vicêncio?

Professor — Não pessoalmente. Mas me falaram muito dele. É um mercador de grande fortuna.

Trânio — É meu pai! Sinceramente, a fisionomia dele é razoavelmente parecida com a sua.

Biondello — (*À parte*) Tanto como uma maçã com uma ostra!

Trânio — Tem sorte em se parecer com Vicêncio! Para salvar sua vida nesse apuro, lhe farei um favor. Fingirá ser ele e se hospedará em minha casa. Esforce-se para desempenhar bem o papel. Passando-se por meu pai, poderá permanecer na cidade até finalizar seus negócios. Se lhe for agradável, aceite meu convite!

Professor — Aceito, sim! Agradecerei para sempre por me salvar a vida e a liberdade!

Trânio — Venha comigo, para resolver tudo! Só preciso preveni--lo de um pormenor: meu pai é esperado de um dia para o outro, para firmar meu contrato de casamento com a filha caçula de um certo senhor Batista. Terá que agir como ele, ao tratar com o pai da moça! Em seguida lhe darei todos os detalhes! Quando chegar em casa, receberá as roupas adequadas para se passar por meu pai!

CENA III
SALA NA CASA DE PETRÚQUIO, NA ÁREA RURAL.

Entram Catarina e Grúmio.

Grúmio — Não, nunca! Não me atrevo a sofrer tamanho risco!

Catarina — Quanto pior me trata, mais se irrita! Casou-se comigo para me matar de fome? Os mendigos que batem na porta de meu pai só precisam estender a mão para receber esmola! Se nada recebem, encontram a caridade em outro lugar! Mas eu, que nunca precisei de nada, nem tive necessidade de pedir coisa alguma, estou morrendo de fome e tonta por falta de sono. Berros e pragas me mantêm acordada e gritos substituem as refeições! Ainda mais me irrita quando afirma agir assim em nome do amor! Quer me fazer acreditar que a refeição ou o sono me causarão uma doença grave ou até mesmo a morte imediata! Por favor, me traga algum alimento! Não importa o que, desde que seja algo de comer.

Grúmio — Que tal um pernil de vitela?

Catarina — Está muito bom! Traga o pernil!

Grúmio — Temo que transmita cólera! Que diz de umas tripas assadas na grelha?

Catarina — Gosto muito! Vá buscá-las, gentil Grúmio!

Grúmio — Estou em dúvida. Tenho medo que também sejam contagiosas! E um bom filé com mostarda?

Catarina — Que delícia! Grúmio, me sirva o filé!

Grúmio — Mas a mostarda aumenta a temperatura do corpo!

Catarina — Traga o filé sem mostarda!

Grúmio — Não, de jeito nenhum. Ou é com mostarda ou não trago o prato!

Catarina — Então, que sejam as duas coisas! Ou uma sem a outra, como quiser!

Grúmio — Neste caso, trago a mostarda sem o bife!

Catarina — Fora daqui, traidor! Só está me enganando!

Catarina castiga Grúmio.

Catarina — Só me alimenta com o nome dos pratos! Maldito seja você mais a corja que se diverte com meu sofrimento! Fora, suma daqui!

Entram Petrúquio e Hortênsio com um prato de carne.

Petrúquio — Como vai, minha querida? Mas que aparência abatida!

Hortênsio — Como está, minha senhora?

Catarina — Nunca meu ânimo esteve tão frio!

Petrúquio — Aqueça-se com meu carinho! Tome, meu amor. Para demonstrar minha afeição, eu mesmo preparei sua comida. E trouxe para você.

Ele dá o prato. Ela começa a comer, faminta.

Petrúquio — Querida Catarina, tanta bondade não merece um obrigado? Como? Nem uma palavra! Ah... estou vendo que não aprecia esse prato. Tive tanto trabalho inutilmente.

Petrúquio toma o prato.

Petrúquio — Levem embora essa carne!

Catarina — Por favor, deixe ficar.

Petrúquio — Até o trabalho mais insignificante recebe um agradecimento! Só tocará na carne se me agradecer.

Catarina — Muito obrigada, Petrúquio.

Hortênsio — Senhor Petrúquio, que desagradável! Venha, Catarina. Eu lhe farei companhia.

Hortênsio come do prato de Catarina.

Petrúquio — (*À parte*) Engula tudo, Hortênsio, se gosta de mim! Que esse prato lhe faça bem! (*Em voz alta*) Catarina, come em paz! Minha amada, vamos sair de viagem para visitar seu pai!

A megera domada

Vista-se com elegância, use vestido de seda, enfeite-se com anéis, pulseiras e colares! Já jantou? O Costureiro está à sua disposição para cobrir seu corpo com roupas luxuosas!

Entra um Costureiro vestido com elegância.

Petrúquio — Aproxime-se, senhor, queremos ver o que tem de bom! Mostre o vestido!

O Costureiro mostra o vestido.
Entra um vendedor.

Petrúquio — Que traz de novo o senhor?

Vendedor — Aqui está o chapéu[11] que me encomendou.

Petrúquio — Como? Foi moldado numa tigela? É veludo cozido! Leve embora! Que vergonha! É horrível! É um brinquedo, um chapéu de criança! Parece uma casca de noz! Leve-o e me traga outro maior!

[11] No original, *cap*, cuja tradução literal é chapéu. Mas provavelmente se refere a um "toucado", adorno de cabeça usado pelas mulheres no passado. Em uma montagem, será divertido buscar referências de toucados, que podem ser feitos com tecidos.

Catarina — Não quero maior. Está na moda. Pequeno é mais delicado!

Petrúquio — Quando também for delicada, merecerá um chapéu como diz.

Hortênsio — (*À parte*) Não vai ser tão cedo!

Catarina — Saiba, meu marido, que tenho o direito de falar e vou falar! Não sou criança! Pessoas muito melhores que você aguenta-ram minha franqueza. E, se não quiser suportá-la, tape as orelhas! Minha língua gritará a raiva do meu coração. Se a sufocar, meu peito arrebentará! Antes que isso aconteça, vou ser livre e falar como quiser!

Petrúquio — Concordo! Esse chapéu é horrível, parece uma torta de seda, um doce murcho! Gosto tanto de você que não quero vê--la com isso!

Catarina — Goste ou não de mim, eu gosto do chapéu. Quero este ou nenhum outro!

O vendedor sai.

Petrúquio — E o vestido? Venha, Costureiro, quero vê-lo. Céus! Que fantasia é essa? Que é isso? A manga? Parece a boca de um canhão! Como? Cortada de cima para baixo como uma torta de maçá? E esse babado, esse picado, essa dobra! Que é isso? Pano de chão?[12] Vá para o diabo, Costureiro!

Hortênsio — (*À parte*) Já vi que ela não ganhará nem chapéu nem vestido!

Costureiro — Mas me encomendou um vestido na moda atual!

Petrúquio — Sim, é verdade! Mas não disse para estragá-lo inventando moda! Vá embora antes que o expulse! De mim não receberá mais encomenda!

Catarina — Nunca vi vestido mais benfeito, mais elegante, mais bonito! Quer me transformar em um fantoche em suas mãos?

Petrúquio — Essa é a verdade. Ele queria fazer de você um fantoche!

Costureiro — Ela é quem diz que o senhor pretende transformá-la em fantoche, não eu!

Petrúquio — Que arrogância monstruosa! Mentiroso! Dedal! Carretel! Sobra de tecido!

[12] No original, Shakespeare compara o vestido a uma espécie de fumigador usado pelos barbeiros da época para queimar as pontas dos cabelos. Optei por "pano de chão", mais atual, para manter a intenção de Petrúquio ao desmerecer o vestido.

Pulga! Piolho! E me desafia em casa, como um retrós? Para trás, trapo, farrapo, retalho, ou vou medi-lo com sua régua, para que nunca mais se esqueça de seus mexericos! Repito que estragou o vestido!

Costureiro — Excelência, está enganado! O vestido foi feito exatamente como ordenou! Grúmio me disse como devia ser feito!

Grúmio — Eu só entreguei o tecido!

Costureiro — Mas como queria que fosse feito?

Grúmio — Ora, com agulha e linha!

Costureiro — Mas não pediu que fosse cortado?

Grúmio — Você inventou muitos detalhes.

Costureiro — É claro!

Grúmio — Não invente nada de mim! Já encarou homens importantes, mas não me desafie! Pedi a seu patrão para cortar o vestido, mas não em pedaços! Você mente!

Costureiro — Aqui está a nota do pedido! Ela será minha testemunha!

Grúmio — Será um pedido falso, se afirmar o que eu não disse!

Costureiro — (*Lê*) "Um vestido largo..."

Grúmio — Patrão, se algum dia pedi um vestido largo, que me costurem nas saias e me castiguem até a morte com um carretel de linha marrom! Eu disse: um vestido!

Petrúquio — Continue!

Costureiro — "Com uma pequena gola redonda…"

Grúmio — A gola eu confesso!

Costureiro — (*Lê*) "Com a manga larga…"

Grúmio — Confesso duas mangas!

Costureiro — (*Lê*) "As mangas cuidadosamente cortadas…"

Petrúquio — Ah… aí está a malandragem!

Grúmio — (*Para o costureiro*) Errou no pedido, cavalheiro, no pedido! Eu pedi que as mangas fossem cortadas, mas também costuradas! Eu vou provar, embora seu dedo mindinho esteja armado com um dedal!

Costureiro — Eu só disse a verdade! E, se estivéssemos em outro lugar, eu o faria recordar rapidamente!

Grúmio — Estou à sua disposição para um duelo! Use a nota como arma, me empreste seu metro e não facilite para mim.

Hortênsio — Grúmio, assim a vantagem será sua!

Petrúquio — Em poucas palavras, o vestido não é para mim!

Grúmio — Sem dúvida, é para a patroa!

Petrúquio — (*Ao Costureiro*) Leve-o e devolva para seu chefe usar como quiser!

Grúmio — (*Ao Costureiro*) De jeito nenhum! Levar o vestido da minha patroa para seu patrão usar?

Petrúquio — (*Para Grúmio*) Que pretende dizer, Grúmio?

Grúmio — Patrão, o que digo é mais profundo do que imagina. Levar o vestido da patroa para o chefe dele usar?! Que vergonha!

Petrúquio — (*À parte*) Hortênsio, garanta ao Costureiro que será pago! (*Ao Costureiro*) Vá embora agora mesmo e nem uma palavra mais!

Hortênsio — (*À parte*) Costureiro, eu pagarei pelo vestido amanhã! Não se ofenda com as palavras rudes. Vá agora e dê minhas saudações a seu chefe.

Sai o Costureiro.

Petrúquio — Bem, minha Catarina, iremos para a casa de seu pai com nossos trajes simples, mas decentes! Nossas bolsas estão cheias, mas pobres nossas roupas! Mas que importa! É a mente que enriquece o corpo! Como o sol atravessa as nuvens escuras, a honra brilha através do traje mais humilde! Querida Catarina, não terá pior aparência pela falta de enfeites. Sentindo-se envergonhada, atire a culpa em mim! Fique um pouco mais contente!

Vamos nos divertir na casa do seu pai! (*Para Grúmio*) Grúmio, reúna meus homens e nos leve até eles! Traga os cavalos! São quase sete da manhã e quero chegar na hora do jantar!

Catarina — Eu insisto que são quase duas. Nunca chegaremos a tempo para o jantar!

Petrúquio — Antes que eu monte o cavalo, serão sete horas! Olhe, em tudo que eu falo, faço ou penso fazer, você dá um jeito de me contrariar! Podem deixar, senhores! Não vamos mais hoje. Mas o momento em que eu resolver partir será a hora que eu disser que é!

Hortênsio — (*À parte*) O simpático quer mandar até no sol!

CENA IV
DIANTE DA CASA DE BATISTA, EM PÁDUA.

Entram Trânio (vestido como Lucêncio) e o Professor (vestido como Vicêncio).

Trânio — Senhor, esta é a casa. Quer que eu toque?

Professor — Sim, claro. A não ser que me engane, o senhor Batista deve se recordar de me ter visto há cerca de vinte anos em Gênova. Estávamos alojados na mesma estalagem.

Trânio — Está certo. Faça a pose austera que convém a um pai.

Professor — Eu garanto.

Entra Biondello.

Professor — Mas está chegando seu criado. É preciso lhe explicar a situação.

Trânio — Não se preocupe com ele. Biondello, chegou o momento de cumprir sua obrigação. Finja que este senhor é o verdadeiro Vicêncio!

Biondello — Fique tranquilo!

Trânio — Deu o recado a Batista?

Biondello — Disse que seu pai estava em Veneza e que o senhor o esperava hoje, em Pádua.

Trânio — Muito bem, rapaz! Tome isto para você!

Trânio dá uma gorjeta a Biondello.
Entra Batista, seguido por Lucêncio (vestido como Câmbio).

Trânio — (*Para o Professor*) Batista está chegando! Observe bem sua expressão, senhor! (*Para Batista*) Senhor Batista, que prazer encontrá-lo! (*Para o Professor*) Este é o cavalheiro de que vos falei. Aja como se fosse meu pai generoso e faça com que Bianca me pertença!

Professor — Calma, meu filho! (*Para Batista*) Senhor, se me permite, vim a Pádua para receber algumas dívidas. E meu filho Lucêncio me informou do amor que desabrochou entre ele e sua filha. Ficarei encantado se eles se casarem rapidamente. Se não houver objeções de sua parte, combinaremos tudo que for necessário para a felicidade de nossos filhos.

Batista — Senhor, sua franqueza muito me agrada. É verdade que seu filho Lucêncio, aqui presente, ama minha filha. E é amado por ela, com certeza! Assim sendo, se assegurar uma pensão suficiente para minha filha, no caso de ela ficar viúva, dou o meu consentimento. Minha filha e o seu filho podem ficar noivos.

Trânio — Agradeço muito, senhor. Onde e quando deseja assinar o contrato de casamento, de acordo com o que combinamos?

Batista — Não em minha casa, pois as paredes têm ouvidos e emprego muitos criados. O velho Grêmio ainda ronda por aqui e poderia nos atrapalhar.

Trânio — Neste caso, pode ser em minha residência. Esta noite vamos finalizar este assunto confortavelmente. Mande este criado chamar sua filha.

Trânio indica Lucêncio e pisca para ele.

Trânio — Meu próprio criado sairá imediatamente em busca do escrivão. O único problema é que, devido à pressa, o jantar será muito simples.

Batista — Concordo. Câmbio, vá até Bianca e peça que se arrume depressa! Pode contar o que aconteceu. Ou seja, que o pai de Lucêncio chegou a Pádua e que ela será esposa de Lucêncio.

Lucêncio sai.

Biondello — Eu peço aos deuses que seja, de todo coração.

Trânio — Não brinque com os deuses, e vá!

Biondello sai.

Trânio — Senhor Batista, me acompanhe até em casa! Seja bem-vindo, mas desculpe a bagunça. Garanto que em Pisa o receberia muito melhor!

Batista — Eu o seguirei!

Saem.
Entram Lucêncio (como Câmbio) e Biondello.

Biondello — Câmbio.

Lucêncio — Que foi, Biondello?

Biondello — Notou quando meu patrão piscou e sorriu para você?

Lucêncio — Que quis dizer, Biondello?

Biondello — Só sei que me deixou aqui para interpretar o sentido de seus gestos e sinais.

Lucêncio — Por favor, faça a interpretação!

Biondello — Vamos lá! Batista está longe, conversando com o pai falso e um falso filho.

Lucêncio — E o que mais?

Biondello — Pediu que você leve a filha dele ao jantar.

Lucêncio — E daí?

Biondello — O velho padre da igreja de São Lucas está a seu dispor na hora que quiser!

Lucêncio — Por que tudo isso?

Biondello — Não posso dizer mais nada, a não ser que o pai agora está ocupado redigindo um contrato falso. Garanta-se com ela! Vá para a igreja! Chame o sacerdote, o sacristão e algumas testemunhas! Se não concorda que esta é a melhor ocasião, aconselho a dar adeus a Bianca por toda a eternidade e um dia a mais!

119

Biondello vira-se para sair.

Lucêncio — Ouvi bem, Biondello?

Biondello — Para que perder tempo? Conheci uma jovem que se casou numa tarde, quando foi à horta colher salsa para um tempero! Faça o mesmo! E agora vou indo! Recebi ordens para ir a São Lucas alertar o padre para que esteja pronto assim que chegue com a sua acompanhante.

Biondello sai.

Lucêncio — Se ela aceitar, é o que mais quero! Estou certo de que ficará encantada com a ideia! Vou agora mesmo fazer a proposta com firmeza!

Lucêncio sai.

CENA V
UMA ESTRADA.

Entram Petrúquio, Catarina, Hortênsio e criados.

Petrúquio — Adiante, em nome de Deus! Ponha-se a caminho da casa de nosso pai! Puxa, como a Lua brilha!

A megera domada

Catarina — A Lua? É o Sol!

Petrúquio — Estou dizendo: é a Lua que brilha tão forte!

Catarina — Eu sei que é o Sol que brilha tão forte!

Petrúquio — Pelo filho de minha mãe, ou seja, eu mesmo, é a Lua. Ou uma estrela! Ou o que eu disser! Ou termina aqui a viagem para a casa de seu pai! (*Para os criados*) Vamos voltar, virem os cavalos! (*Para Catarina*) Sempre me contradizendo!

Hortênsio — (*Para Catarina*) Concorde com o que ele diz, ou não iremos nunca!

Catarina — Vamos continuar a viagem, eu peço, já andamos muito! Que seja a Lua ou o Sol, o que quiser! E se disser que é uma vela, a partir de agora concordo inteiramente.

Petrúquio — Estou dizendo que é a Lua.

Catarina — Concordo: é a Lua.

Petrúquio — Está mentindo! É o bendito Sol!

Catarina — Que seja o Sol! Mas não será Sol, se disser que não é! E a Lua mudará como a sua mente! O que você disser que é, seja o que for, será igual para Catarina!

Hortênsio — Petrúquio, vamos seguir. A batalha está ganha!

Petrúquio — Está bem, adiante, adiante! A bola deve rolar sem trombar com um obstáculo! Mas, atenção! Vamos ter companhia!

Entra Vicêncio.

Petrúquio — (*Para Vicêncio*) Bom-dia, senhora. Para onde vai? (*Para Catarina*) Diga, doce Catarina, fale sinceramente, já viu dama mais viçosa? O branco e o vermelho lutam pelas maçãs do seu rosto! Que estrelas brilham no céu com tanta beleza como os dois olhos nessa face celestial? (*Para Vicêncio*) Linda e encantadora donzela, mais uma vez bom-dia! (*A Catarina*) Querida Catarina, abrace essa moça tão linda!

Hortênsio — (*À parte*) Vai deixar o homem maluco, se o transformar em mulher!

Catarina — Jovem e delicada virgem, graciosa, doce e suave, para onde viaja? Onde vive? Felizes os pais que têm uma filha tão bonita! Mais feliz será o homem destinado pelas estrelas a ser seu companheiro de leito!

Petrúquio — Que há, Catarina? Espero que não esteja louca! É um homem, já de idade, murcho e enrugado! E não uma moça como você diz!

Catarina — Perdoe-me, velho pai, pelo engano de meus olhos. O sol me confundiu tanto que agora enxergo tudo verde! Agora sim, eu vejo que é um senhor de idade! Desculpe-me, eu peço novamente, pelo erro absurdo!

A megera domada

Petrúquio — Seja bondoso e desculpe-a! Diga-nos que caminho seguirá. Se for o mesmo que o nosso, o convidamos para nos fazer companhia!

Vicêncio — Bom senhor e simpática senhora, nosso estranho encontro me divertiu! Meu nome é Vicêncio, vivo em Pisa. Vou para Pádua visitar meu filho, que não vejo há tempos.

Petrúquio — Qual o nome dele?

Vicêncio — Lucêncio!

Petrúquio — Que encontro feliz, principalmente para seu filho! Não só por sua idade, mas também pela lei, eu posso chamá-lo de pai! A irmã de minha mulher, essa delicada senhora, em breve se casará com seu filho! Não se espante nem se preocupe: ela tem excelente reputação, um bom dote e vem de boa família! Tem qualidades para se casar com qualquer nobre! Nos abracemos, senhor Vicêncio!

Petrúquio e Vicêncio se abraçam.

Petrúquio — Vamos ao encontro de seu filho! Ele ficará feliz com sua chegada!

Vicêncio — É tudo verdade? Ou estão brincando, como fazem alguns viajantes com quem se encontram na estrada?

123

Hortênsio — Eu garanto que sim!

Petrúquio — Nossa primeira brincadeira fez com que ficasse desconfiado. Venha conosco e se convencerá por si mesmo!

Todos saem, com exceção de Hortênsio.

Hortênsio — A brincadeira me deixou animado! Vou atrás de minha viúva! Se for intratável, Petrúquio já me ensinou o caminho a seguir!

Sai Hortênsio.
Fim do quarto ato

A megera domada

QUINTO ATO

CENA I
UMA RUA, DIANTE DA CASA DE LUCÊNCIO, EM PÁDUA.

Grêmio anda na frente. Entram atrás dele Biondello, Lucêncio e Bianca.

Biondello — Seja rápido, o padre está à espera!

Lucêncio — Vou voando, Biondello. Mas podem precisar de você em casa. Deixe-nos.

Saem Lucêncio e Bianca.

Biondello — Não, acredite. Quando já estiver casado, eu volto bem depressa!

Biondello sai.

Grêmio — Estou surpreso: Câmbio ainda não chegou!

Entram Petrúquio, Catarina, Vicêncio, Grúmio e criados.

Petrúquio — Senhor, esta é a casa de Lucêncio. A de nosso pai fica um pouco mais longe, perto da praça do mercado. Aqui nos despedimos.

Vicêncio — Não vai se recusar a tomar alguma coisa comigo antes de partir. Faço questão de convidá-lo. Mas, ao que tudo indica, estão se divertindo aí dentro!

Vicêncio bate na porta.

Grêmio — Estão ocupados lá dentro. É melhor bater mais forte.

Vicêncio bate com mais força.
O professor aparece na janela.

Professor — Quem bate como se quisesse derrubar a porta?

Vicêncio — Quero falar com Lucêncio. Ele está?

Professor — Está sim, mas não é possível falar agora.

Vicêncio — Mesmo se alguém lhe trouxesse uma boa quantidade de moedas, para que se divirta?

A megera domada

Professor — Guarde suas moedas. Ele não precisará de nenhuma enquanto eu viver.

Petrúquio — (*A Vicêncio*) Eu não disse que seu filho é muito estimado em Pádua? (*Para o Professor*) Está me ouvindo, senhor? Vamos deixar de conversa: diga a Lucêncio que o pai dele está aqui e quer falar com ele.

Professor — Mentira! O pai dele já veio e está aqui olhando pela janela!

Vicêncio — É você o pai?

Professor — É o que diz a mãe, e acredito nela!

Petrúquio — (*A Vicêncio*) Que me diz agora, cavalheiro? É uma vigarice usar o nome de outra pessoa!

Professor — Agarrem o canalha! Com certeza quer se passar por mim para enganar alguém aqui na cidade!

Volta Biondello.

Biondello — (*À parte*) Eu os deixei juntos na igreja! Que Deus os conduza a bom porto! Quem está aqui? Meu antigo patrão, Vicêncio! Ih! Estamos perdidos!

Vicêncio — (*Vendo Biondello*) Vem cá, safado!

127

Biondello — Só vou se quiser, senhor.

Vicêncio — Vem já, tratante! Que foi, esqueceu de mim?

Biondello — Esquecê-lo? Não, senhor! Eu não poderia esquecê-lo porque nunca o vi antes!

Vicêncio — O quê, malandro? Nunca viu o pai de seu amo, Vicêncio?

Biondello — Quem? Meu antigo e respeitável patrão? Sem dúvida, senhor. Ali está ele, na janela!

Vicêncio — Ah, é?

Vicêncio bate em Biondello.

Biondello — Socorro, socorro, socorro! Um doido quer me matar!

Biondello sai.

Professor — Socorro, meu filho! Socorro, senhor Batista!

O Professor sai da janela.

Petrúquio — Catarina, vamos ficar de lado para assistir ao final dessa confusão!

A megera domada

Eles ficam de lado.

Entram Professor, Batista, Trânio (como Lucêncio) e criados.

Trânio — Quem é o senhor? Como se atreve a tocar em meu criado?

Vicêncio — Quem sou eu? Eu é que pergunto, quem é você? Oh, céus! Malandro! Casaco de seda! Calças de veludo! Capa escarlate! Chapéu de copa alta! Estou arruinado, arruinado! Enquanto eu economizo em casa, meu filho e seu criado esbajam meu dinheiro!

Trânio — E agora, qual o problema?

Batista — O sujeito é lunático?

Trânio — (*Para Vicêncio*) O senhor tem a aparência de um cavalheiro idoso e sensato! Mas fala como um doido! Não é de sua conta se eu uso pérolas ou ouro! Graças a meu pai, eu posso me permitir esses luxos!

Vicêncio — Seu pai?! Malandro, seu pai é um pobre fabricante de velas para navio em Bérgamo!

Batista — Está enganado, senhor, muito enganado! Por gentileza, que nome pensa ter ele?

Vicêncio — Seu nome? Como se eu não soubesse seu nome! Eu o criei desde os três anos, e seu nome é Trânio.

129

Professor — Fora daqui, seu louco! Fora! O nome dele é Lucêncio! Sou seu pai, Vicêncio! É meu único filho e herdará minha fortuna!

Vicêncio — Lucêncio? Oh, ele deve ter assassinado seu amo! Prendam esse homem, eu ordeno, em nome do Duque! Oh, meu filho, meu filho! Diga-me, canalha, onde está meu filho Lucêncio?

Trânio — Chamem um oficial!

Entra um oficial.

Trânio — Levem esse bandido louco para a prisão! Pai Batista, eu lhe peço que verifiquem se ele será realmente preso!

Vicêncio — Querem me prender?

Grêmio — Fique aqui, oficial. Ele não vai para a prisão.

Batista — Cale-se, Grêmio. Estou dizendo que ele vai para a cadeia!

Grêmio — Cuidado, Batista. Não se deixe enganar. Eu garanto que este homem é o verdadeiro Vicêncio.

Professor — Jure, se tem coragem.

Grêmio — Jurar eu não juro.

Trânio — Então por que não vai adiante e diz que eu não sou Lucêncio?

Grêmio — Eu reconheço que é Lucêncio!

A megera domada

Batista — Fora com esse velho caduco! Cadeia para ele!

Vicêncio — Aqui todos maltratam os estrangeiros e abusam deles? Canalhas!

Entram Biondello, Lucêncio e Bianca.

Biondello — Estamos perdidos! Negue conhecê-lo, ou tudo vai dar errado!

Lucêncio fica de joelhos.

Lucêncio — Perdão, querido pai.

Vicêncio — Está vivo, meu filho adorado?

Biondello, Trânio e o Professor saem o mais depressa que podem. Bianca se ajoelha.

Bianca — Perdoe-me, amado pai, se o ofendi.

Batista — Onde está Lucêncio?

Lucêncio — Eu sou Lucêncio! O verdadeiro filho do verdadeiro Vicêncio! Acabo de me casar com sua filha, enquanto seus olhos eram enganados por falsos personagens.

Grêmio — Foi uma fraude para nos enganar?

Vicêncio — Onde está o canalha do Trânio, que se atreveu a me insultar tão descaradamente?

Batista — Expliquem! Esse não é o professor Câmbio?

Bianca — Câmbio transformou-se em Lucêncio.

Lucêncio — O amor criou esses milagres! Por amor a Bianca, eu troquei de lugar com Trânio e me fiz passar por professor, enquanto ele fingia ser eu. E por felicidade realizei meu sonho celestial. Trânio só obedeceu às minhas ordens. Pai, perdoa-o, pelo afeto que me tem.

Vicêncio — Quebrarei o nariz do safado que quis me mandar para a prisão!

Batista — (*Para Lucêncio*) Ouvi direito? Casou-se com minha filha sem pedir meu consentimento?

Vicêncio — Não se preocupe, Batista, faremos com que fique satisfeito com as condições do casamento. Mas vou entrar, para me vingar das ofensas!

Vicêncio sai.

Batista — E eu para esclarecer toda essa fraude!

A megera domada

Batista sai.

Lucêncio — Não fique pálida, Bianca! Seu pai não ficará zangado para sempre!

Saem Lucêncio e Bianca.

Grêmio — O meu bolo murchou! Acabou-se minha esperança! Só me resta aguardar a festa!

Grêmio sai.

Catarina — Meu marido, vamos segui-los para ver como termina essa trapalhada!

Petrúquio — Primeiro me beije, depois iremos!

Catarina — O quê? No meio da rua?

Petrúquio — Está com vergonha de mim?

Catarina — Não, Deus me livre. Estou com vergonha de beijar!

Petrúquio — Então vamos voltar para casa! (*Para Grúmio*) Vamos embora!

Catarina — Não, não, eu beijo! Eu imploro, meu amor, fique!

Eles se beijam.

Petrúquio — Não é bom? Venha, minha doce Catarina! Antes tarde do que nunca, pois nunca é tarde demais!

Saem todos.

CENA II
CASA DE LUCÊNCIO, EM PÁDUA.

Entram Batista, Vicêncio, Grêmio, o Professor, Lucêncio, Bianca, Petrúquio, Catarina, Hortênsio, a Viúva, Trânio, Biondello e Grúmio.
Criados, dirigidos por Trânio, servem o banquete.

Lucêncio — Enfim, depois de tantas discórdias, estamos em harmonia. Terminada a guerra, sorrimos lembrando dos perigos passados. Minha querida Bianca, acolha com afeto o meu pai, enquanto acolho o seu com carinho. Irmão Petrúquio, irmã Catarina e você, Hortênsio, assim como sua amada viúva, são meus

A megera domada

convidados para este banquete. Minha casa é de vocês! Sentem-se, por gentileza, para conversar e comer!

Petrúquio — Sim, para a mesa! Para comer e comer!

Batista — Pádua o recebe com carinho, meu filho Petrúquio!

Petrúquio — Já percebi que todo o povo de Pádua é gentil!

Hortênsio — Bom seria que essas palavras fossem verdadeiras!

Petrúquio — Por essas palavras, estou certo de que Hortênsio assusta-se com a viúva, sua noiva!

Viúva — Eu não me assusto com nada!

Petrúquio — É muito sensível. Mas não compreendeu o sentido de minhas palavras. Disse que Hortênsio tem medo de sua pessoa!

Viúva — O tonto acha que o mundo gira ao redor dele!

Petrúquio — Bem respondido!

Catarina — Senhora, o que quis dizer com isso?

Viúva — É por causa dele, concebo...

Petrúquio — Concebe graças a mim? Que dirá Hortênsio?

Hortênsio — Minha viúva quis dizer que assim concebe a explicação do que afirma.

Petrúquio — Boa saída. Beijo-o pela resposta, cara viúva!

Catarina — Disse que o tonto pensa que o mundo gira ao seu redor! Gostaria que me explicasse o que entende por essas palavras!

Viúva — Seu marido, atazanado por uma megera, mede as penas do meu pelas próprias! Foi o que quis dizer.

Catarina — Disse bobagem.

Viúva — Bobagem é só o que sabe fazer.

Catarina — Bobagem foi tratar bem a senhora!

Petrúquio — A ela, Catarina!

Hortênsio — A ela, viúva!

Petrúquio — Aposto cem moedas que minha Catarina a deixa por baixo.

Hortênsio — Da minha viúva cuido eu!

Petrúquio — Faça isso! E brindo à sua saúde!

Petrúquio bebe à saúde de Hortênsio.

Batista — Que pensa Grêmio sobre essa troca de amenidades?

Grêmio — Senhor, dão marradas entre si muito bem!

Bianca — Marradas? Para isso seria preciso, como o senhor, ter cornos!

Vicêncio — Acordou com a disputa, cara noiva?

Bianca — Sim, mas não me inquietou. Vou dormir de novo.

Petrúquio — Não durma! Já que acordou, vou lhe disparar uma ou duas flechas agudas!

A megera domada

Bianca — Acaso sou alguma ave que lhe pertence? Vou mudar de ninho. E, se desejar, tente me perseguir com seu arco. Com licença!

Saem Bianca, Catarina e a Viúva.

Petrúquio — Ela me evitou! Viu só, Trânio, o pássaro em que mirou sem atingir? Vamos, bebo à saúde de todos os que erraram o alvo!

Trânio — Não errei a pontaria, porque nunca mirei essa ave. Lucêncio me soltou como um cão que encurrala a caça, para que o dono a tome.

Petrúquio — A comparação é boa. Mas tem jeito de cachorrada.

Trânio — Você fez bem de caçar para si mesmo. Mas dizem que sua presa o mantém acuado.

Batista — Oh, Petrúquio, agora foi Trânio que o acertou!

Lucêncio — Agradeço a ironia, caro Trânio.

Hortênsio — Reconheça! Ele o acertou em cheio!

Petrúquio — Só passou de raspão. E como o tiro ricocheteou, acredito que atingiu vocês dois!

Batista — Falando sério, Petrúquio. Ficou com a mais geniosa de todas.

Petrúquio — Garanto que não. E, para provar o que eu digo, cada um mande chamar sua esposa. A que for mais obediente chegará em primeiro lugar. E o marido ganhará a aposta!

Hortênsio — Concordo. Quanto apostaremos?

Lucêncio — Vinte moedas!

Petrúquio — Só vinte? Arriscaria essa quantia em meu falcão ou cachorro. Por minha mulher, aposto vinte vezes mais!

Lucêncio — Cem, neste caso!

Hortênsio — Apostado.

Petrúquio — Combinado?

Hortênsio — Quem começa?

Lucêncio — Eu! Biondello, vá até sua patroa e peça que venha até aqui.

Biondello — Sim, senhor.

Biondello sai.

Batista — Meu filho, pago metade da aposta. Bianca virá!

Lucêncio — Prefiro apostar sozinho!

Biondello retorna sozinho.

A megera domada

Lucêncio — Que houve?

Biondello — Patrão, minha senhora mandou dizer que está ocupada e não pode vir.

Petrúquio — Está ocupada! Não pode vir! Isso é resposta?

Grêmio — É uma resposta educada. Reze para que sua esposa não envie uma pior!

Petrúquio — Com certeza será muito melhor!

Hortênsio — Biondello, solicite à minha mulher que venha aqui imediatamente!

Biondello sai.

Petrúquio — Fez uma solicitação! Então terá que atender!

Hortênsio — A minha sim! Duvido que a sua esposa atenda seu chamado!

Biondello volta sozinho.

Hortênsio — Onde está minha mulher?

Biondello — Ela supõe que seja uma brincadeira e mandou dizer que não vem. E que o senhor vá procurá-la!

Petrúquio — Isso vai de mal a pior! Ela se recusa a vir! É intolerável! Grúmio, vá até sua senhora. Ordene em meu nome que venha para cá!

Grúmio sai.

Hortênsio — Já sei a resposta dela!
Petrúquio — Qual?
Hortênsio — Vai se recusar!
Petrúquio — Pior será para mim!
Batista — Como? É inacreditável! Vejam, é Catarina!

Catarina entra.

Catarina — Que deseja, pois me chamou?!
Petrúquio — Onde estão sua irmã e a mulher de Hortênsio?
Catarina — Conversam aquecendo-se diante da lareira.
Petrúquio — Traga-as aqui! Se não quiserem vir, diga que serão castigadas! Vá de uma vez, estou dizendo. E volte imediatamente com elas!

Catarina sai.

Lucêncio — Se existem milagres, aqui está um.

Hortênsio — Sem dúvida, é um milagre. Que prevê?

Petrúquio — É um presságio de paz, de amor, de vida tranquila! Em poucas palavras: todas as alegrias e felicidades!

Batista — Seja feliz, querido Petrúquio! Ganhou a aposta! Quero acrescentar vinte mil moedas no dote de Catarina. Será um novo dote para uma nova filha! Está tão mudada que parece outra!

Petrúquio — Não é necessário. Vou provar que Catarina descobriu a obediência e a paciência. Olhem! Lá vem ela com suas mulheres!

Entram Catarina, Bianca e a Viúva.

Petrúquio — Catarina, esse chapéu não fica bem em você! Arranca esse trapo e pise em cima!

Catarina obedece.

Viúva — Meu Deus, nunca me faça passar por tal humilhação!

Bianca — É uma vergonha! Que obediência mais louca!

Lucêncio — Bem queria que me obedecesse tão loucamente. A sua noção de dever, Bianca, me custou cem coroas.

Bianca — Mais louco foi você apostando na minha obediência!

Petrúquio — Catarina, exijo que diga a essas duas teimosas quais são as obrigações que possuem em relação a seus maridos.

Viúva — É piada, certamente! Não queremos essa lição!

Petrúquio — Fale, estou mandando! E comece primeiro por ela!

Catarina — (*Indicando primeiro a Viúva e depois Bianca*) Que vergonha! Que vergonha! Desfaça essa expressão ameaçadora e feroz! Não encare seu marido desdenhosamente, como se fosse atravessar com os olhos seu senhor, rei e governante! Isso prejudica sua beleza, como a geada queima a campina! Destrói sua reputação, como os furacões, as flores! Não é prudente, nem agradável! Uma mulher irritada é como uma fonte com as águas turvas e agitadas. E, enquanto assim permanecer, não haverá ninguém, por mais sedento que esteja, capaz de beber dela. Seu marido é sua vida! É quem cuida de você, se preocupa com seu bem-estar, submete-se a trabalhos rudes para seu conforto! Só pede em troca seu amor, um doce convívio, fidelidade e obediência! É muito para pagar tanto cuidado? Se a mulher se mostra indomável, mal-humorada, intratável, emburrada e desobediente, não passa de uma rebelde, briguenta, desaforada, que, com insultos, trai o homem que a ama. Eu me envergonho de ver as mulheres declararem a guerra, quando deviam implorar a paz. Eu também tive um gênio tão difícil quanto os seus, um coração altivo, e opunha uma

A megera domada

palavra à outra palavra e fazia cara feia. Mas agora sei que nossas lanças não passam de frágeis caniços; nossa força não passa de fraqueza — uma enorme fraqueza. Ao querer aparentar ser mais, provamos que somos menos. Não sejam orgulhosas, de que serviria? Ofereçam suas mãos aos seus esposos, como ofereço a minha, se o meu quiser.

Petrúquio — Bravo! Ela, sim, é uma dama! Dê-me um beijo, Catarina.

Lucêncio — Vá em frente, amigo! Conseguiu o que queria!

Vicêncio — Como é bom ouvir uma criança educada!

Lucêncio — E nada mais desagradável que uma mulher briguenta!

Petrúquio — Vamos para a cama, Catarina! Nós três nos casamos, mas vocês dois vão padecer! (*A Lucêncio*) Ganhei a aposta, embora você tenha atingido o alvo, casando-se com Bianca! Mas, como vencedor, eu peço a Deus que lhe dê uma boa-noite!

Petrúquio e Catarina saem.

Hortênsio — Petrúquio domou a megera!

Lucêncio — Mas o incrível é que tenha sido domado!

FIM

A megera domada

PROSA

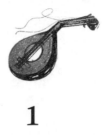

1

Nossa história talvez pudesse começar assim: "Bianca Minola era uma jovem muito bonita". Mas, na verdade, esse início não faria jus à beleza da moça. Seria uma meia-verdade, e você, leitora ou leitor, merece ouvir a verdade inteira. E a verdade é que Bianca não era somente uma moça muito bonita. Por isso, nossa história deve começar assim:

"Bianca Minola era uma jovem linda, lindíssima. Os rapazes mais interessantes e disputados da cidade de Pádua, apaixonados, queriam se casar com ela. Isso mesmo: casar. Afinal, em fins do século XVI, quando Shakespeare escreveu a peça que conta a história das irmãs Minola, ninguém 'ficava'. Quando um rapaz se apaixonava por uma moça, não hesitava nem a enrolava. Pedia-a em casamento".

A megera domada

O problema, para a legião de fãs de Bianca, era que ela não podia se casar. Seu pai, Batista Minola, homem riquíssimo de Pádua — cidade que mais tarde faria parte do que hoje conhecemos como Itália —, tinha determinado que Bianca só se casaria depois que a irmã mais velha, Catarina, arranjasse um marido.

E era aí que as coisas se complicavam. Catarina Minola, também muito bonita, não tinha pretendentes. Na verdade, nem mesmo pensava em se casar. Voluntariosa, independente, deixava muito claro que jamais se submeteria às vontades de um marido. (Sim, naquela época as mulheres obedeciam aos maridos, tudo que ele dizia era lei. Os tempos mudaram, não, e hoje a questão da independência feminina é fortíssima!) Por isso, Bianca já tinha até perdido as esperanças de um dia vir a se casar.

Mas seus fãs não perdiam a fé. Acreditavam que conseguiriam dobrar o pai da moça. Assim, naquela tarde, dois pretendentes, Grêmio e Hortênsio, seguiam Batista e suas filhas pelas ruas de Pádua, tentando convencer o homem a ceder.

— Senhores, por favor, não insistam — pedia Batista Minola. — Eu já disse que Bianca só ficará noiva depois de Catarina se casar. Se quiserem namorar e noivar Catarina, têm a minha permissão.

— Nunca, meu pai! — rosnou Catarina. — Acha que pode me oferecer como um troféu a esses dois caçadores de casamento? Jamais!

— Viu só como ela é geniosa? — Grêmio sussurrou ao ouvido de Hortênsio. — Quem sabe você não se candidata a marido de Catarina?

— Eu não! Essa moça não arrumará nem namorado nem marido enquanto não se tornar gentil e delicada.

Catarina o fitou, furiosa, e só então Hortênsio se deu conta de que falara alto aquilo que deveria ter dito em voz bem baixa para o amigo, e só para ele.

— Não tema — vociferou ela. — Eu jamais me apaixonaria por você. Só um garfo poderia pentear esse seu cabelo horrível. E sua cara de palhaço, então... Só falta a maquiagem!

— Eu jamais me casaria com um demônio de saias, senhora — retrucou Hortênsio, com raiva.

— Nem eu! — disse Grêmio.

Protegidos atrás do portão de uma casa, dois homens seguiam atentamente a conversa: Lucêncio e seu criado Trânio. Eles haviam se escondido assim que ouviram o ruído dos passos de Batista, suas filhas e os pretendentes de Bianca. Não queriam se expor, pois aquela era a primeira vez que visitavam Pádua.

A megera domada

Lucêncio, jovem sensível, estudante de filosofia e matemática, apaixonado por música e poesia, estava encantado com Bianca. Sua beleza, os traços delicados, a voz suave, tudo nela fazia bater mais forte seu coração.

— Bianca, minha filha, vá para dentro. Deve permanecer em casa, longe desses pretendentes. Não pode se casar antes de Catarina.

Bianca permaneceu em silêncio.

— Vejam só que bonitinha... Ela nem responde! — zombou Catarina.

— Feliz com minha decepção, irmã? Farei o que papai deseja. Vou ficar em casa, lendo e tocando meus instrumentos musicais — reagiu Bianca.

Assim que Bianca entrou em casa, triste, de cabeça baixa, Batista decidiu animá-la. Sabedor de que a filha adorava música e poesia, resolveu:

— Contratarei professores de música e literatura para minhas filhas. — Virou-se para Hortênsio e Grêmio. — Se conhecerem algum, peçam que me procure. Pago bem. Não economizo para educar minhas filhas. E agora, adeus! Você fica, Catarina. Vou conversar com Bianca.

— Se papai me disser para ficar, eu entro! — respondeu Catarina. — Ninguém manda em mim. Nem mesmo meu pai!

Grêmio fez um muxoxo.

— Vá para o diabo que a carregue! Assim você afugenta qualquer um!

Catarina fez ar de pouco-caso e foi para casa.

— Bem, Hortênsio, nosso bolo murchou. Podemos perder as esperanças.

— Meu amigo Grêmio, tenho uma proposta. Somos rivais no amor, mas devemos nos unir em torno de um objetivo.

— Qual?

— Arrumar um marido para Catarina.

— Impossível. Nenhum homem aceitaria esse sacrifício — surpreendeu-se Hortênsio.

— Engano seu, Grêmio. Muitos a aceitariam, porque o dote é muito bom. O pai é rico, você sabe.

— Pois eu prefiro ser açoitado em praça pública todos os dias a me casar com essa megera.

— Raciocine, meu amigo: se arrumarmos um marido para a mais velha, o caminho para Bianca fica livre. E ela poderá escolher um de nós.

A megera domada

— Está bem, você me convenceu — respondeu Grêmio. — Vamos tratar de encontrar um marido para Catarina.

Assim que os dois se afastaram, Lucêncio e Trânio saíram de trás do portão. O criado, ao ver a expressão fascinada de Lucêncio, percebeu na hora que ele estava apaixonado por Bianca.

— Aja rápido, senhor, pois a moça tem outros pretendentes. Tenho um plano...

Lucêncio também tinha. Na verdade, o plano de ambos era o mesmo: o moço se apresentaria a Batista como professor de música, para se aproximar de Bianca. Só havia um problema: muita gente importante visitaria Lucêncio quando descobrisse que ele estava em Pádua, pois seu pai era um comerciante muito conhecido na região. E isso poderia atrapalhar o plano, fazendo com que Batista desconfiasse dele.

— Já sei! — exclamou o jovem. — Em Pádua, ninguém me conhece pessoalmente. Então você se apresentará como Lucêncio, e eu fingirei ser um professor pobre que veio de Pisa.

Trânio concordou e ambos trocaram as capas e os chapéus. Nesse momento chegou Biondello, outro criado de Lucêncio. Ao vê-los com as roupas trocadas, observou-os com curiosidade.

— Por que estão vestidos assim, um com a roupa do outro?

— Porque entrei numa briga e há pessoas me procurando. Para despistá-las, coloquei a capa e o chapéu de Trânio. Vou ter de fugir até as coisas se acalmarem. Enquanto isso, você obedecerá Trânio como se ele fosse seu patrão. E chame-o de Lucêncio, não se esqueça. É uma ordem! — Virou-se para Trânio: — Apresente-se como pretendente de Bianca. Ainda não posso explicar por quê. Apenas faça isso. Adeus!

2

Recostado nas almofadas de sua cama, entre um gole e outro de água com rodelas de limão, Hortênsio descansava. Pensava em como encontrar um marido para Catarina, único jeito de pedir a bela Bianca em casamento.

"Ah, Bianca... tão linda, tão suave..." — pensava ele.

Ao lembrar da amada, Hortênsio sorriu e fechou os olhos. Cansado como estava, não demorou a pegar no sono. Mas não conseguiu dormir muito. Alguns minutos depois, foi acordado pelo som de vozes que discutiam lá fora, na rua.

— Bata!

— Não bato!

— Estou mandando: bata!

— Não bato, senão depois quem paga o pato sou eu.

— Ah é? Pois então vou tocar a campainha!

— Que campainha?

— A de suas orelhas!

Houve um breve silêncio e em seguida um grito alto:

— Aaaaaaaaaaaiiiiiiiiiiiiii! Solte minhas orelhas, senhor!

Hortênsio pulou da cama e correu para a porta, abrindo-a.

— Mas que gritaria é essa? — perguntou e só então prestou atenção aos dois homens. — Ora, ora, se não é meu amigo Petrúquio! E seu criado Grúmio! Que boa surpresa! Como vão vocês?

— Não muito bem, claro, porque Grúmio continua aprontando das suas — respondeu Petrúquio, sem esconder o mau humor.

— O que houve? — quis saber Hortênsio.

— Meu patrão enlouqueceu, senhor — começou Grúmio. — Pediu-me que batesse nele, e bem forte. Recusei e ganhei um puxão de orelhas!

— Eu não disse que ele só apronta? Ordenei que batesse na porta, e o patife não obedeceu!

— Bater... na porta? — gaguejou Grúmio. — Mas... mas...

— Nem mas nem meio mas. Cale-se!

A megera domada

— Calma, Petrúquio, tudo não passou de um mal-entendido. Vamos, parem com isso. Que bons ventos o trazem a Pádua, meu amigo?

— Os mesmos ventos que espalham os jovens pelo mundo. Meu pai, Antônio, faleceu, e decidi tentar a sorte longe de casa. Vim para encontrar uma esposa e vencer na vida.

Hortênsio ficou pensativo por um instante.

— Diga-me, Petrúquio... Você seria capaz de se casar com uma moça que foi educada como uma dama, é muito rica, mas tem um gênio terrível?

— Rica? Claro que me caso com ela! Pode ser brava, feia, geniosa, infernal. Se tiver muito dinheiro, eu me caso com o maior prazer!

— É verdade, senhor — disse Grúmio baixinho, para Hortênsio. — Meu patrão foi sincero. Se a mulher for mesmo rica, pode ser até uma velha desdentada que não fará a menor diferença.

Hortênsio coçou a cabeça, avaliou a situação e finalmente se manifestou:

— Ouça, Petrúquio, posso apresentá-lo a uma jovem muito rica e muito bela, mas briguenta, brava e geniosa. Eu não me casaria com ela nem em troca de uma mina de ouro.

155

— Ah, meu amigo, você não sabe o poder que tem o ouro — respondeu Petrúquio. — Vamos lá, diga quem é o pai da megera. Vou procurá-lo, cortejá-la e pedi-la em casamento.

— O pai se chama Batista Minola, um milionário simpático e educado. Ela é Catarina Minola, famosa pela língua venenosa.

Petrúquio conhecia Batista, que fora amigo de seu pai. Mas nunca ouvira falar de Catarina. Isso, porém, não importava nem um pouco.

— Leve-me à casa dela, meu amigo.

Hortênsio hesitou.

— Faça isso, senhor — Grúmio sussurrou. — Essa moça pode ser grosseira e insultá-lo à vontade. Meu patrão não se abalará. Quando enfia uma coisa na cabeça, ninguém o faz mudar de ideia.

— Está bem — Hortênsio cedeu e contou que o casamento de Catarina deixaria livre o caminho para Bianca, sua grande paixão. — Petrúquio, você me faria um favor? Vou usar um disfarce e você me apresentará como professor de música. Assim posso namorar Bianca sem que ninguém desconfie.

— Claro que sim. Vamos combin...

A megera domada

Petrúquio parou de falar assim que viu dois homens virando a esquina. Lucêncio, já disfarçado de professor, e Grêmio caminhavam na direção deles.

— Grúmio, não fale nada sobre o disfarce que vou usar — pediu Hortênsio. — Um desses homens é meu rival. — Puxou Petrúquio para um canto, saindo do campo de visão dos jovens que se aproximavam. — Vamos ouvir o que eles dizem.

— Nas lições, utilize apenas livros que falem de amor — Grêmio recomendava a Lucêncio. — E use papéis perfumados. Siga minhas orientações e serei generoso, complementando o salário que Batista lhe pagar. Qual será o tema do curso?

— O tema não é importante. Seja lá qual for ele, farei de tudo para elogiar suas qualidades, senhor.

— Excelente, meu caro! — Nesse instante, Grêmio viu Hortênsio. — Que bom encontrá-lo, meu amigo! — saudou e logo depois indicou Lucêncio. — Este jovem é professor de música e literatura. Vou levá-lo até a casa de Batista Minola.

— Que coincidência! — respondeu Hortênsio. — Também conheci um excelente professor para nossa amada. Mas tenho uma notícia muito melhor! — exclamou, eufórico, colocando as mãos nos ombros de Petrúquio. — Este meu amigo pedirá Catarina em casamento. Se Batista prometer um dote vantajoso, claro.

— Hortênsio já lhe falou sobre os defeitos de Catarina? — indagou Grêmio, olhando nos olhos do recém-chegado.

— Sim, falou. Mas não vejo problema nenhum nisso. A língua ferina de uma mulher não me assusta.

Impressionado com a determinação do moço, Grêmio prometeu ajudá-lo nos gastos que tivesse com a conquista de Catarina. Hortênsio anunciou que também daria sua contribuição. Em seguida calaram-se, observando dois desconhecidos que se aproximavam. Um deles era Trânio, vestido como um nobre; o outro era Biondello, no papel de criado.

— Deus os proteja — cumprimentou-os Trânio. — Por favor, sabem onde fica a casa do senhor Batista Minola?

Grêmio não gostou da pergunta.

— Por acaso está interessado nas belas filhas de Batista? — quis saber.

— Na mais nova? — acrescentou Hortênsio.

— Não é da vossa conta, cavalheiros — respondeu Trânio. — Mas, se eu estiver, qual é o problema?

— Nesse caso é melhor que vá embora — alertou-o Grêmio.

— Por quê? As ruas são livres, que eu saiba.

— As ruas são. Mas Bianca não é. O coração do senhor Grêmio... isto é, eu... já a escolheu.

A megera domada

— O coração do senhor Hortênsio... que sou eu... também a quer.

— Pois agora o senhor Lucêncio... ou seja, eu... entrou na disputa — avisou Trânio.

— Por mim, tudo bem — disse Petrúquio. — Meu interesse é pela mais velha. Senhores, Batista proíbe que Bianca seja cortejada até Catarina arrumar marido. Portanto, é mais fácil casar com a mais velha. Por isso a escolhi.

Trânio, Grêmio e Hortênsio prometeram recompensá-lo por tirar Catarina do caminho e, para selar o acordo, decidiram passar o restante da tarde juntos, brindando à saúde de Bianca.

3

Sentada numa cadeira da sala, com a cabeça baixa e os olhos cheios de lágrimas, Bianca repetia, num sussurro, que até aquele momento nenhum de seus pretendentes tocara seu coração de modo especial. Em pé a seu lado, Catarina zombava da irmã:

— Quer dizer que nenhum é rico o bastante para conquistá-la, não é mesmo? — E gargalhava.

O riso alto e a voz alterada de Catarina chamaram a atenção de Batista, que entrou no aposento para verificar o que estava acontecendo. Surpreso, viu que Bianca tinha as mãos amarradas, o vestido rasgado e que lágrimas escorriam por seu rosto. Correu até ela, desfez o nó do tecido que prendia os pulsos delicados e enxugou as faces molhadas.

— Minha pobre menina, o que sua irmã aprontou desta vez? Vá para seu quarto costurar, para se distrair. — Virou-se para a filha mais velha: — Quanto a você, Catarina, pare de atormentar Bianca. Ela nunca lhe disse uma só palavra ofensiva.

— O silêncio de Bianca me insulta! Preciso de vingança! — Catarina aproximou-se da irmã, com ar ameaçador.

Batista a segurou e a afastou.

— Comporte-se! Não respeita nem mesmo a presença de seu pai, criatura diabólica? — Olhou para Bianca: — Agora vá, querida.

Assim que Bianca alcançou o corredor, em direção a seu quarto, Catarina desfiou o rosário de sempre: disse que o pai não a suportava, que preferia Bianca, que idolatrava a filha mais nova... E prometia dançar descalça no dia do casamento da irmã, para comemorar o fato de ela finalmente sair de casa. Em seguida, furiosa, deu as costas a Batista e saiu.

— Há no mundo quem sofra mais do que eu? — ele perguntou, desanimado, sentando-se numa poltrona.

Mas não teve tempo de se entregar à tristeza. Passos na varanda anunciaram que visitas vinham chegando.

Batista se levantou assim que viu um grupo de jovens entrar na sala. Ali estavam Grêmio e Lucêncio (este usando roupas velhas e gastas, no papel de Câmbio, professor de música e literatura), Petrúquio e Hortênsio (disfarçado como Lício, professor de matemática e música), Trânio (com as roupas de Lucêncio) e Biondello, que carregava um alaúde e vários livros.

Depois dos cumprimentos, Petrúquio não perdeu tempo. Adiantou-se, apresentou-se e pediu Catarina em casamento. E, como prometera a Hortênsio, indicou-o como professor para as filhas de Batista.

Grêmio ficou furioso ao perceber que Hortênsio, usando o pretexto de dar aulas para Bianca e Catarina, poderia passar-lhe a perna e atrapalhar os planos que cuidadosamente traçara com Lucêncio — sem saber, é claro, que Lucêncio tinha seu próprio plano para conquistar Bianca. Aproximou-se do pai de Bianca e tratou de apresentar Lucêncio como o professor ideal para as duas moças.

Trânio viu que era sua hora de entrar em ação. Conforme combinara com o patrão, apresentou-se a Batista como Lucêncio, pretendente à mão de Bianca. Em seguida, ofereceu o alaúde e os livros que Biondello carregava como um presente à educação das jovens.

Batista agradeceu a todos e, chamando um dos criados, pediu-lhe que levasse os professores até suas filhas. Em seguida, convidou os demais para um passeio no pomar e, depois, para o

A megera domada

jantar. Petrúquio, ansioso como sempre, aproximou-se de Batista para tratar de seu negócio, isto é, do casamento.

— Senhor, herdei as terras e os bens de meu pai. Creio que podemos ser sinceros um com o outro. Se sua filha mais velha vier a me amar, qual será meu dote ao me casar com ela?

— Você receberá metade das minhas terras, depois de minha morte. E, no noivado, vinte mil coroas.

— Muito bem. Em troca desse dote, Catarina, se ficar viúva, será dona de todas as minhas terras e de meus rendimentos. Bem, penso que podemos firmar nosso acordo.

— Agora não, meu jovem. Por que tanta pressa? Primeiro trate de conquistar o amor de minha filha, o que será extremamente difícil!

— Ela é orgulhosa, mas eu sou teimoso e insistente. O senhor sabe que, quando duas chamas se enfrentam, a força que as mantém acesas logo desaparece. Uma leve brisa é suficiente para acender uma pequena fogueira, mas uma ventania a apaga num instante. Serei a ventania que acabará com o fogo de Catarina. Sou um homem rústico. Não sei agir como um cavalheiro.

— Bem, meu jovem, só posso lhe desejar sorte. Mas pode se preparar, porque minha filha irá insultá-lo muito. — Batista se interrompeu ao ver Hortênsio entrar com a cabeça machucada. — Que aconteceu, meu rapaz?

Catarina tinha quebrado o alaúde na cabeça do pobre moço. E tudo porque ele ousara posicionar os dedos femininos de modo correto no instrumento, na tentativa de ensiná-la a tocar.

— Moça valente! — exclamou Petrúquio. — Estou ansioso para conhecê-la.

— Caro Lício, esqueça Catarina — aconselhou Batista. — De agora em diante você dará aulas apenas para Bianca. Venha comigo. — Antes de sair da sala, virou-se para Petrúquio: — Quer que eu mande chamar Catarina?

— Sim, por favor.

Batista saiu com Hortênsio, deixando Petrúquio sozinho na sala.

— Ah, linda Catarina... Se você me insultar, direi que sua voz é como o canto do rouxinol. Se fizer careta, direi que sua expressão é tão suave como as pétalas da rosa. Se ficar emburrada, em silêncio, vou elogiar sua eloquência. Se me mandar embora, vou agradecer, como se você me implorasse para permanecer aqui. Se recusar-se a se casar comigo, marcarei a data da cerimônia! — Calou-se ao ouvir passos se aproximando. — Ela está chegando!

A megera domada

Catarina entrou na sala sem se preocupar em disfarçar o mau humor.

— Como vai, Cati?

— Cati? Meu nome é Catarina!

Petrúquio riu, como se tivesse ouvido uma piada.

— Está brincando comigo, claro! Seu nome é Cati, a boa, a má, a doce Cati. Ouvi muitos elogios à sua delicadeza, à sua virtude, à sua beleza. Por isso decidi pedi-la em casamento.

— Pois perde seu tempo. O senhor não passa de um asno.

— Acha mesmo, linda dama? Pois então monte em mim! Você é tão jovem, tão leve...

— Não conte com isso. Sou forte o bastante para me livrar do senhor.

— Sério? Pois isso faz com que eu me sinta ainda mais atraído!

Petrúquio se divertia ao ver Catarina cada vez mais enfurecida. Vários insultos depois, ela se virou para sair, mas foi impedida. Dois braços a agarraram com força. Mesmo assim, Catarina conseguiu se libertar o suficiente para dar um tapa no rosto do pretendente.

— Se fizer isso de novo, prometo revidar — avisou Petrúquio, sorrindo.

— Isso mostra que o senhor não é um cavalheiro. Portanto, não merece casar-se comigo.

Seguiu-se mais uma discussão. Ele tinha de confessar que adorava o modo como a moça o provocava. Mudar o comportamento de Catarina seria um desafio e tanto.

— Ouça, minha querida: você não se livrará de mim.

— Eu o irrito, não é mesmo? Deixe-me ir! — ela exigiu, tentando se libertar.

— Não, você não me irrita. É uma jovem gentil e carinhosa. Me disseram que era grosseira e geniosa. Uma grande mentira, evidentemente. Você é a moça mais simpática, educada e agradável que conheço. Delicada como as flores que brotam na primavera. Não faz cara feia nem morde os lábios, como as jovens temperamentais. Nunca diz insultos. Me tratou com gentileza. — Soltou-a. — Vá, meu amor, ande um pouco, para que eu aprecie a beleza de seus movimentos.

— Não ouse me dar ordens!

— Que linda... Fala como uma princesa! Mas agora é sua vez de ouvir. Querida, seu pai consentiu em nosso casamento. Já combinamos o dote. Serei um marido ideal. Sua beleza e seus modos me atraem. Tenho certeza de que, vivendo comigo, você se tornará doce e submissa.

A megera domada

Catarina ia responder, mas a chegada de Batista, Grêmio e Trânio a levou a mudar de ideia. Calada, ouviu os elogios que Petrúquio continuava a lhe fazer, e perguntava a si mesma se o rapaz seria uma espécie de tolo. Ou de aventureiro. Fosse como fosse, estava decidida a não se casar com ele. Por isso, ao ouvi-lo dizer que a cerimônia seria no domingo, tratou de reagir:

— Prefiro que o enforquem no domingo!

Grêmio e Trânio não perderam a chance de zombar de Petrúquio: a resposta mal-educada de Catarina provava que nada ia bem entre os dois. Mas o moço não perdeu a compostura. Alegou que ambos tinham combinado que Catarina continuaria a se comportar mal na frente dos outros e que demonstraria seu amor apenas quando estivessem a sós.

— Pode preparar a festa, meu sogro! Catarina será a noiva mais linda do mundo! Agora vou para Veneza, comprar o que for necessário para montar nosso lar. Adeus, Catarina. No domingo estaremos casados.

Sem conseguir reagir, ela viu o noivo ir embora. Então deu meia-volta e, surpresa com o próprio silêncio, dirigiu-se a seu quarto.

— Não sei bem por que, mas sinto que estou entrando num negócio arriscado — Batista confessou, olhando para os dois rapazes.

— Não se preocupe. Sua filha estava encalhada — respondeu Trânio.

— Tomara que esse casamento dê certo!

— Senhor Batista, agora podemos planejar o casamento de Bianca — disse Grêmio. — Eu, seu vizinho, sou o primeiro candidato.

Trânio contestou, afirmando também amar Bianca, e os dois travaram um diálogo áspero. Cada um procurava mostrar que tinha mais condições de fazer Bianca feliz. Enumerando os bens do pai de Lucêncio, Trânio conseguiu ganhar a aprovação de Batista.

— Se seu pai confirmar tudo o que disse, Bianca será sua esposa — afirmou ele. — Domingo que vem minha filha Catarina se casa. — Virou-se para Trânio: — No domingo seguinte, Bianca se casará com você, caso seu pai garanta o acordo. — Olhou para Grêmio: — Se isso não acontecer, Grêmio se casará com ela. Bem, meus jovens, adeus. Preciso descansar. O dia hoje foi cheio.

A megera domada

4

Na casa de Batista, Lucêncio-Câmbio e Hortênsio-Lício disputavam as atenções de Bianca. Mais do que isso, ambos se vigiavam, na tentativa de impedir que o rival ganhasse o coração da jovem. Ela, por sua vez, ora se entediava, ora se divertia com a competição.

A situação se manteve assim até domingo, dia do casamento de Catarina. Tudo estava pronto para a cerimônia e para a festa, mas Batista temia que nem uma nem outra acabassem por se realizar. Afinal, o noivo ainda não dera sinal de vida.

Os convidados já haviam chegado, Catarina colocara o vestido de noiva, todos usavam seus trajes mais bonitos e nada de Petrúquio aparecer.

— Ah, meu Deus... Se esse maluco não vier, a cidade inteira vai debochar de mim e de minha família! — lamentava-se Batista.

— A maior prejudicada serei eu — queixou-se Catarina. — Quando eu passar, as pessoas vão rir de mim e dizer: "Lá vai a noiva de Petrúquio... Quando ele decidir, voltará para se casar com ela". Bem que eu não queria nada com esse tratante!

Furiosa, chorando, ela atirou longe o buquê e foi se refugiar em seu quarto. Ainda bem, porque, se ficasse, ouviria as reprimendas que seu pai e outros convidados dariam a seu futuro marido, que chegou para a cerimônia como quem vai a um baile de carnaval.

Como o descreveu Biondello, que correu para a casa de Batista a fim de dar a notícia de que Petrúquio já se encontrava perto de Pádua, o noivo usava um chapéu e um casaco velhos, calça desgastada e botas rasgadas — um pé com fivela e outro de amarrar. Trazia na cintura uma espada velha e enferrujada e seu cavalo, sem pelos e cheio de carrapatos, não tinha arreios. A sela estava toda arrebentada e os estribos eram um de cada tipo.

Não bastasse tudo isso, Grúmio, a seu lado, não fazia melhor figura. Usava roupas amassadas e velhas, um chapéu fora de moda e meias diferentes, cada uma de uma cor.

Ao vê-los, Trânio não aguentou a indignação. Não conseguiu ficar calado:

A mégera domada

— Você não se vestiu de maneira adequada, meu caro. O que houve?

— Foi a pressa de chegar, meu amigo! Onde está minha linda e doce Catarina? E o senhor, meu sogro, como vai? Por que todos estão com essa cara zangada e me olham como se eu fosse um ser de outro planeta?

— Hoje é seu casamento — respondeu Batista. — O senhor chegou atrasado e temi que não viesse. E agora me aparece assim, vestido com andrajos! Espero que tenha uma boa explicação para isso!

— Meu querido sogro, todos ficariam entediados se eu começasse a contar. O importante é que cheguei. No momento certo explicarei tudo. Onde está Catarina? Não vejo a hora de ir para a igreja!

Trânio ainda tentou convencê-lo a mudar de roupas e até ofereceu as suas — isto é, as de Lucêncio —, mas Petrúquio insistiu em ver Catarina e em ir para o altar daquele jeito.

— Catarina se casará comigo, não com minhas roupas! Mas que perda de tempo, essa conversa tola! Com licença, vou dar um beijo de bom-dia em minha noiva.

Dito isso, ele entrou na casa de Batista, seguido de Grúmio, do sogro, de Grêmio e de alguns convidados. Pouco depois, todos saíram em direção à igreja.

5

Se os convidados imaginaram que os trajes velhos e horrorosos do noivo seriam o único problema da cerimônia, levaram um susto dentro da igreja. No altar, Petrúquio também aprontou das suas, a ponto de alguns amigos sentirem pena de Catarina. Grêmio chegou a afirmar que ela era uma pombinha perto do demônio do marido.

— Na hora em que o padre perguntou se Petrúquio aceitava Catarina como esposa — Grêmio contou a Trânio, que não assistiu ao casamento —, ele respondeu "sim, droga!". Então começou a berrar e a praguejar, furioso. O padre ficou tão assustado que deixou cair o livro dos sacramentos. Abaixou-se para pegá-lo e nesse momento Petrúquio o empurrou. O pobre sacerdote rolou pelo chão, agarrado ao livro.

A megera domada

— E Catarina?

— Coitada... tremia sem parar ao ver o noivo bater o pé e brigar com o padre — continuou Grêmio. — Terminada a cerimônia, ele pediu vinho, ergueu a taça e brindou à saúde de todos que ali se encontravam, como se estivesse num navio, falando com os marujos.

— Que horror!

— Tem mais. Petrúquio bebeu o vinho de um só gole e atirou o resto na cara do sacristão. Em seguida puxou Catarina pelo pescoço e deu-lhe um beijo estalado na boca. A igreja inteira ouviu o estalo! Aí me recusei a continuar vendo esse triste espetáculo e vim para cá. Os convidados chegarão em poucos minutos.

Dentro da casa de Batista, uma orquestra começava a tocar enquanto os noivos despontavam na esquina, seguidos por parentes, amigos e convidados. Petrúquio parou diante da porta. Alegando ter negócios a tratar, desejou que todos aproveitassem a festa e despediu-se.

Catarina protestou, afirmando que não o seguiria.

— Gentil esposa, você vem comigo. Não tema, doce Catarina. Eu a protegerei de todos os inimigos.

Antes que ela pudesse reclamar, empurrou-a porta afora.

6

O caminho de Pádua até a casa de Petrúquio, que ficava na zona rural de Verona, era longo. Ele e Catarina viajaram durante a noite e a madrugada sob um frio intenso, enfrentando nevascas sob o lombo de um cavalo. Ao descer uma montanha, caíram na lama e por isso chegaram sujos, tiritando. Por sorte Grúmio tinha ido na frente e acendido a lareira.

— Atice o fogo ou vou congelar aqui! — pediu Grúmio a outro criado, Curtis. — Cadê o cozinheiro? Já preparou o jantar? Arrumaram a casa e as camas? Espanaram as teias de aranha? Limparam as vasilhas e as deixaram brilhando? Estenderam os tapetes no chão?

A megera domada

— Tudo está prontinho, esperando o patrão — respondeu Curtis.

Um barulho lá fora indicou que Petrúquio e Catarina haviam chegado. Um minuto depois os dois entraram, enlameados e tremendo de frio.

— Minha doce Catarina, seja bem-vinda ao novo lar. Acomode-se, por favor — disse ele antes de se voltar para os criados para pedir que servissem o jantar e trouxessem água quente.

Assim que o criado apareceu com a tina de água, Petrúquio o derrubou. O líquido quente se espalhou pelo chão.

— Seu tolo! Não sabe fazer nada direito? Deixou cair a água! — queixou-se Petrúquio, castigando o jovem.

Cansada dos maus modos do marido, Catarina pediu-lhe paciência. Então sentou-se à mesa, onde outros criados já serviam a refeição. Estava faminta, louca para experimentar a carne de carneiro, que parecia deliciosa. Se não podia se lavar, ao menos queria comer.

Mas Petrúquio já mandava os criados levarem o prato de volta à cozinha, alegando que estava queimado. Não satisfeito, atirou a perna de carneiro neles.

— Tenha calma — pediu Catarina.

— Esses estúpidos não servem para nada. Imagine, servir uma carne queimada e ressecada! Mas não se preocupe. Amanhã tudo voltará ao normal. Venha, vamos para o quarto. Esta noite faremos jejum.

Ele a levou para a cama e, após esbravejar e reclamar sobre a arrumação do quarto, deixou-a sozinha e voltou para a sala.

— Meu plano está funcionando — comentou, colocando mais lenha na lareira. — Catarina ficará sem comer até engolir o orgulho. É o único jeito de domesticar esse pássaro selvagem. Ela não dormiu na noite passada, por causa da viagem, nem dormirá nesta. Vou inventar um defeito na cama, jogarei longe o colchão, os travesseiros, a colcha e os lençóis. Depois, aos gritos, direi que agi assim por respeito a ela. E vou mantê-la acordada. Se a vir cochilar, volto a berrar e a reclamar. Eu a deixarei cansada e arrasada até dominar sua teimosia. Se alguém conhecer um modo melhor de domar uma megera, que fale agora!

7

Em Pádua, Trânio e Hortênsio desistiram de lutar pelo amor de Bianca depois de vê-la aos beijos com Lucêncio. Hortênsio decidiu casar-se com uma viúva rica que o amava e Trânio pediu a Biondello que encontrasse alguém para se fazer passar por Vicêncio. O jovem criado teve sorte, pois logo conheceu um velho professor que acabara de chegar de Mântua. Educado, gentil, ele seria a pessoa ideal para desempenhar o papel de pai de Lucêncio e garantir a Batista Minola o dote de Bianca.

Para convencê-lo a participar do plano, Trânio inventou uma história maluca sobre um decreto de Pádua que condenava à morte todo aquele que chegasse de Mântua. Ao ver o professor apavorado, temendo pela própria vida, garantiu que o ajudaria.

Bastava fingir ser Vicêncio. Então ficaria hospedado em sua casa e seria apresentado a todos como seu pai.

— Faça um esforço para desempenhar bem esse papel — aconselhou Trânio. — Assim poderá ficar aqui até resolver seus negócios.

— Não se preocupe. Serei um pai perfeito. — O velho sorriu. — E serei sempre grato a você por me salvar a vida.

— Então está combinado — respondeu Trânio. — Meu pai deve vir a Pádua daqui a alguns dias, para firmar meu contrato de casamento com a filha de um homem chamado Batista Minola. O senhor agirá como se fosse Vicêncio e acertará as bases desse contrato.

— Pode deixar. Farei isso.

— Ótimo! Agora venha. Vou lhe dar roupas apropriadas para que o senhor finja ser meu pai.

8

Na casa de Petrúquio, Catarina estava desesperada. Tinha fome, sono e quase enlouquecia com os gritos e o mau humor constante do marido. Fraca, abatida e humilhada, pediu a Grúmio que lhe desse algo para comer, mas nada conseguiu.

Sentou-se na sala, sem saber o que fazer. Então Petrúquio apareceu com Hortênsio, que fora visitá-los, e com um prato de comida para ela. Mas exigiu que a esposa agradecesse pela refeição antes de servir-se. Catarina não teve alternativa senão obedecer.

Petrúquio anunciou que ambos iriam a Pádua, visitar Batista, e colocou à disposição dela um Costureiro e um chapeleiro. Mas não aprovou nem o novo vestido, nem o chapéu. Catarina ficou desolada. A roupa era linda, elegante, na última moda... Até quando teria de aguentar o comportamento grosseiro, os gritos, as manias e as queixas do marido?

— Venha, querida, partamos! Os criados já chegaram com os cavalos.

— Ainda bem! — disse ela baixinho, louca para sair daquele lugar.

Saíram da propriedade e tomaram a estrada para Pádua.

— Puxa, como a Lua está brilhante!

— Lua? — repetiu Catarina, surpresa. — Meu marido, é o Sol!

— Pois eu digo que é a Lua!

— E eu digo que é o Sol! — respondeu ela.

— Negativo, querida. Quem decide as coisas aqui sou eu. Se eu afirmo que é a Lua, então é a Lua. Se eu disser que é o Sol, então será o Sol. Entendeu? Ou você aceita isso ou nossa viagem termina aqui.

— Aceite, senhora — pediu Hortênsio em voz baixa, para que só ela ouvisse. — Aceite ou teremos de voltar para o campo.

Catarina não teve saída senão concordar com o marido.

— Está bem. Será aquilo que você quiser. Se disser que o que brilha no céu é uma vela, vou concordar. Tudo que quero é prosseguir na viagem.

A megera domada

— Digo que a Lua brilha no céu.

— Como achar melhor, meu marido. É a Lua.

— Você está tentando me enganar! É o Sol!

— Sim, é o Sol.

— Prossigamos, meu amigo — pediu Hortênsio, aproximando-se de Petrúquio. — Você conseguiu domar a fera mais uma vez.

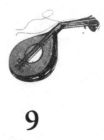

9

A viagem prosseguiu sem outros problemas. Eles não tinham avançado muito quando encontraram um grupo que também seguia pela estrada que levava até Pádua.

— Bom dia, cara senhora! — cumprimentou Petrúquio, aproximando-se dos viajantes. Em seguida olhou para Catarina. — Veja que linda moça, Catarina! Tem o brilho das estrelas nos olhos e nas faces o vermelho das maçãs! Abrace-a, minha esposa, e dê-lhe as boas-vindas!

Hortênsio segurou a vontade de rir. A "moça" a que Petrúquio se referia era um homem. Mas Catarina, receosa de provocar a ira do marido, entrou no jogo sem reclamar:

A megera domada

— Linda e delicada jovem, de onde vem? Para onde vai? Seus pais devem se orgulhar por ter uma filha tão bela! Mais orgulhoso estará o homem que conquistar seu coração.

— Doce Catarina, o que há com você? Ficou louca? — perguntou Petrúquio, impaciente. — A pessoa que você acabou de cumprimentar é um homem, um senhor já enrugado, não uma bela jovem!

Ela não se intimidou com a fala do marido.

— Perdoe-me, senhor — disse, dirigindo-se ao viajante. — O Sol cega meus olhos e me impede de enxergar direito.

Vicêncio caiu na risada.

— Boa senhora, caro senhor, nosso encontro foi divertidíssimo! Muito prazer. Meu nome é Vicêncio, venho de Pisa e vou para Pádua, visitar meu filho Lucêncio.

— Ora, que coincidência! Somos quase parentes, senhor. A irmã mais nova de minha esposa vai se casar com seu filho. Fique sossegado, porque ela é uma jovem boa e virtuosa, além de belíssima. Venha dar-me um abraço, senhor Vicêncio!

— Você diz a verdade? — perguntou Vicêncio, abraçando Petrúquio. — Ou tudo não passa de uma brincadeira, como as que fazem os viajantes?

— Digo a verdade. Acompanhe-nos e verá!

10

Em Pádua, Trânio, no papel de Lucêncio, e o professor, no de Vicêncio, levaram Batista até a casa em que viviam, para formalizar o contrato de casamento entre Lucêncio e Bianca. Na residência de Batista, Biondello explicava ao verdadeiro Lucêncio que o padre da igreja de São Lucas estava à espera dele, para realizar a cerimônia secreta que o tornaria marido de Bianca.

— Será que ouvi direito, Biondello?

— Ouviu, senhor. Lembre-se: neste momento, o pai dela está na companhia de um pai e de um filho falsos, redigindo um contrato também falso. Garanta-se com sua amada. Leve-a à igreja e case-se com ela.

A megera domada

Lucêncio correu para contar o plano a Bianca, que ficou encantada com o modo como seria realizado seu casamento. Tinha um sabor de aventura, de coisa proibida... Mais romântico, impossível!

Enquanto os dois se dirigiam à igreja de São Lucas, Petrúquio, Catarina e Vicêncio chegavam a Pádua. O grupo parou diante da casa de Lucêncio.

— É aqui que seu filho mora, senhor — Petrúquio avisou a Vicêncio. — A casa de meu sogro fica perto da praça do mercado, em outro ponto da cidade. Adeus, e prazer em conhecê-lo!

— Nada disso. É meu convidado para um copo de vinho.

Vicêncio aproximou-se da porta e bateu, mas o barulho lá dentro impediu que as batidas fossem ouvidas. Ele bateu de novo, dessa vez com força.

— Ei, quer derrubar a porta? — perguntou o professor, abrindo a janela.

— Quero falar com Lucêncio. Ele está em casa?

— Sim, está, mas não pode falar agora.

Petrúquio resolveu interferir:

— Diga a ele que seu pai está aqui.

— Claro que está. O pai dele sou eu! — E, olhando para os outros, acrescentou: — Peguem esse tratante! Ele está querendo se passar por mim!

Nesse momento Biondello chegou, vindo da igreja. Empalideceu ao ver seu verdadeiro patrão ali, diante da casa de Lucêncio. Se não agisse depressa, o plano iria por água abaixo.

— Venha cá, garoto — disse Vicêncio ao vê-lo. Como Biondello hesitasse, insistiu: — Que aconteceu? Esqueceu de mim?

— Oh, não, senhor. Como poderia esquecê-lo se esta é a primeira vez que o vejo?

O professor decidiu reagir dramaticamente:

— Meu filho, senhor Batista... Socorro!

— Prendam esse homem! — gritou Trânio, dirigindo-se a Vicêncio. — Chamem um oficial!

Minutos depois alguns homens da polícia entravam na casa. Trânio não perdeu tempo:

— Ponham este bandido atrás das grades!

— Isso mesmo! Cadeia para ele! — confirmou Batista.

Vicêncio, perplexo, não sabia o que fazer. Foi salvo pela chegada de Lucêncio, Bianca e Biondello. O rapaz, ao ver o pai, ajoelhou-se diante dele.

A megera domada

— Peço-lhe perdão por esse mal-entendido, meu pai.

— Filho amado, que bom que está vivo!

Trânio percebeu que era hora de sair dali. Pegou o professor pelo braço e levou-o para longe. Ao notar a ausência de ambos, Batista indagou:

— Onde está Lucêncio?

— Lucêncio sou eu, senhor — respondeu o verdadeiro Lucêncio. — Venho da igreja, onde me casei com sua filha.

— Como assim? Expliquem-se! Você não é Câmbio?

— Não, senhor. Por amor a Bianca, eu e meu criado Trânio trocamos de lugar. Fingi ser professor para me aproximar de sua filha e conquistar seu afeto. Felizmente, meu sonho se tornou realidade. — Olhou para Vicêncio. — Perdoe Trânio, meu pai. Ele apenas obedeceu a minhas ordens.

— Esperem um pouco! — interveio Batista. — Quer dizer que se casou com minha filha sem pedir meu consentimento?

— Não se preocupe, senhor Batista — disse Vicêncio. — Vamos entrar e combinar as condições do casamento. Tenho certeza de que ficará satisfeito com o dote que vou oferecer a sua filha.

Os dois entraram, seguidos de Lucêncio e de Bianca.

— Vamos atrás deles, marido — pediu Catarina, curiosa para saber como a história terminaria.

— Só se você me der um beijo.

— Aqui, na rua?

— Tem vergonha de mim?

— Oh, não. Tenho vergonha de beijá-lo na rua.

— Certo. Então vamos para casa.

— Não, por favor! Eu beijo! — rendeu-se Catarina. — Meu amor, eu imploro: vamos ficar.

Petrúquio beijou-a apaixonadamente. Invadida por um sentimento que não conhecia, ela correspondeu.

— Venha, minha amada Catarina... Antes tarde do que nunca!

11

A mesa de madeira, larga e comprida, foi pequena para abrigar tantos convidados. O banquete na casa de Lucêncio reuniu Batista e as filhas, com seus maridos e criados, além dos amigos e da viúva com quem Hortênsio se casara. Até mesmo o professor que se fizera passar por Vicêncio estava presente.

Era hora de esquecer as animosidades e começar uma nova etapa, de felicidade e harmonia. Quer dizer... a intenção era essa, mas entre a intenção e a realidade o caminho era longo.

Por isso, logo no início do banquete, Petrúquio e Catarina se desentenderam com Hortênsio e a viúva. Pouco depois, Petrúquio e Bianca trocaram farpas. E após a saída das mulheres,

Petrúquio e Trânio foram irônicos um com o outro. Sem contar que todos zombaram de Petrúquio por seu casamento com Catarina.

— Sério, meu filho, você se casou com a mais geniosa das mulheres — provocou Batista.

— Não é verdade, meu sogro. Vamos fazer uma aposta? Cada marido manda chamar a respectiva esposa. A mais obediente virá sem pestanejar, e seu marido será o vencedor da aposta.

Todos aceitaram o desafio. Animados por causa do vinho, apostaram cem moedas para ver qual esposa seria a mais submissa.

Lucêncio foi o primeiro a entrar na disputa:

— Biondello, peça para sua patroa vir até aqui.

O criado saiu em disparada e voltou pouco depois. Sozinho. Todos os olhares se voltaram para ele, surpresos.

— Que aconteceu? — perguntou Lucêncio.

— Ela disse que está ocupada e que não virá.

Os homens mal puderam acreditar que a doce Bianca recusara-se a atender um pedido do marido.

— Agora sou eu! — exclamou Hortênsio. — Biondello, chame minha esposa.

Lá se foi o criado mais uma vez. E mais uma vez voltou sozinho.

A megera domada

— Senhor, a viúva achou que fosse uma brincadeira e avisou que não vem. Disse mais: que, se o senhor quisesse vê-la, que fosse até ela.

Gargalhadas ecoaram pela sala.

— Tsc, tsc... essas mulheres desconhecem o sentido do respeito aos maridos — comentou Petrúquio em tom de caçoada. — Meu bom Grúmio, vá até Catarina e ordene, em meu nome, que ela venha até aqui.

Os homens entreolharam-se, certos de que Catarina, como as outras, também não apareceria. Quando ouviram passos, olharam para a porta, esperando ver Grúmio voltando sozinho.

Mas quem apareceu foi Catarina.

— Que deseja, meu marido? — ela perguntou com voz suave.

— Onde estão Bianca e a viúva?

— Diante da lareira, aquecendo-se e conversando.

— Vá até elas e traga-as imediatamente! Se não quiserem obedecer, diga-lhes que serão castigadas!

— Sim, meu marido — respondeu Catarina e então saiu para fazer o que ele determinara.

— Milagre! — disse Lucêncio.

— Mais do que isso! — respondeu Petrúquio. — É o presságio de uma vida serena e feliz.

Batista mal podia acreditar no que vira.

— Meu filho, desejo-lhe toda a felicidade do mundo. Você ganhou a aposta. Vou colocar mais vinte mil moedas no dote de Catarina. Um novo dote para uma nova filha!

— Agradeço, meu sogro, mas não há necessidade. — Petrúquio olhou para o corredor. — Vejam, Catarina vem chegando com Bianca e a viúva! — Esperou que as três entrassem na sala e dirigiu-se à esposa: — Que chapéu horrível, Catarina! Não combina com você. Tire-o, jogue-o ao chão e pise em cima.

Para espanto geral, ela obedeceu sem reclamar. Pouco depois, diante da reação crítica da viúva e de Bianca, e a pedido do marido, Catarina deu início a um sermão dirigido às duas mulheres.

— Tirem do rosto esse ar bravo e ameaçador! Quando a mulher é desobediente, mal-humorada, intratável, briguenta e desaforada, insulta o homem que ama. Como? Com insultos! Mulheres devem fazer a paz, não declarar guerras.

Catarina fez uma pausa para observar como suas palavras ecoavam em Bianca e na viúva. Sorriu para Petrúquio, que também sorria, e prosseguiu:

A megera domada

— Eu tinha um gênio difícil, um jeito altivo, queria vencer todas as discussões. O orgulho é a arma dos fracos. Ponham-no de lado e ofereçam suas mãos a seus maridos. Ao meu eu ofereço as minhas — terminou, estendendo os braços na direção de Petrúquio.

— Bravo! — ele aplaudiu. — Você é uma dama, querida! Dê-me um beijo e venha comigo para a cama, é hora de dormir! — Fitou Lucêncio e Hortênsio. — Vocês dois vão sofrer com suas esposas. Peço a Deus que ajude a ambos!

— Parece mentira! — exclamou Hortênsio ao ver o casal se retirar. — E não é que Petrúquio domou mesmo a megera?

Lucêncio deu um sorriso irônico. E comentou, provocando um riso geral:

— Sim, ele fez isso. Mas não há como negar que também foi domado, porque a verdade é que Catarina se apaixonou por Petrúquio e ele por ela!

Quem foi William Shakespeare

Considerado o maior autor de língua inglesa, William Shakespeare nasceu em 1564 em Stratford-upon-Avon. Era o terceiro filho do casal John e Mary, de um total de oito. Desde cedo começou a ler autores clássicos, novelas, contos e crônicas, que foram fundamentais na sua formação de poeta e dramaturgo.

Aos 18 anos, casou-se com Anne Hathaway, com quem teve três filhos, Susanna e os gêmeos Judith e Hamnet, que morreu aos 11 anos. Em 1591 partiu para Londres tentando encontrar o caminho profissional tão desejado.

Entre 1582 e 1592, trabalhou como ator, dramaturgo e dono da companhia teatral *Lord Chamberlain's Men*, depois consagrada como *King's Men*. A criação de sua primeira peça, *Comédia dos Erros*, iniciou-se em 1590 e completou-se quatro anos depois. Foi nesta fase também que escreveu pelo menos 150 sonetos, mas sua fama foi conquistada não por seus poemas, e sim por suas peças.

Entre os anos de 1590 e 1602, Shakespeare escreveu comédias alegres, dramas históricos e tragédias no estilo renascentista. Depois, até 1608, passou a se dedicar especialmente ao estilo trágico, quando surgem então os clássicos *Hamlet, Rei Lear e Macbeth*. Depois disso, sua obra é marcada basicamente pelo lançamento de peças que têm o final conciliatório. Sua última etapa criativa foi dedicada à elaboração de tragicomédias e ao trabalho conjunto com outros autores. No total, escreveu cerca de 40 peças.

Shakespeare apresenta a natureza humana em toda a sua complexidade, como a paixão de Romeu e Julieta; o ciúme cego de Otelo; a ambição de Macbeth, a célebre frase "Ser ou não ser, eis a questão", conhecida até mesmo por quem ainda não teve contato com sua obra. Nas suas peças, os crimes, os incestos, as violações e as traições são ingredientes para o divertimento do público.

A megera domada

Shakespeare viveu o auge do teatro elisabetano, momento histórico que o favoreceu intensamente, pois desenvolveu seu trabalho teatral em pleno auge do reinado da rainha Elisabeth I, considerado o tempo de ouro da cultura inglesa. A obra do escritor aborda temas próprios da alma humana, como o amor, os problemas sociais, as questões políticas, entre outros, temática que vai além de qualquer esfera temporal, o que explica seu eterno sucesso.

Em 1610, voltou à sua terra natal, onde produziu seu último trabalho, *A Tempestade*, concluído apenas em 1613. Três anos depois, em abril de 1616, faleceu por motivos não revelados pela História.

Muitas hipóteses foram levantadas por estudiosos com relação à não existência de Shakespeare, até a de que suas obras pertenciam a outros autores. Porém, o que realmente importa é o valor eterno de suas obras, que renascem a cada nova adaptação, seja para o teatro, cinema, TV ou literatura.

Quem é Walcyr Carrasco

Walcyr Carrasco nasceu em 1951 em Bernardino de Campos, SP. Escritor, cronista, dramaturgo e roteirista, com diversos trabalhos premiados, formou-se na Escola de Comunicação e Artes de São Paulo e por muitos anos trabalhou como jornalista nos maiores veículos de comunicação de São Paulo, ao mesmo tempo que iniciava sua carreira de escritor na revista *Recreio*. Desde então, publicou mais de trinta livros infantojuvenis ao longo da carreira, entre eles, *O mistério da gruta*, *Asas do Joel*, *Irmão negro*, *A corrente da vida*, *Estrelas tortas* e *Vida de droga*. Fez também diversas traduções e adaptações de clássicos da literatura, como *A volta ao mundo em 80 dias*, de Júlio Verne, e *Os miseráveis*, de Victor Hugo, com o qual recebeu o selo de altamente recomendável pela Fundação Nacional do Livro Infantil e Juvenil. *Pequenos delitos, A senhora das velas* e *Anjo de quatro patas* são alguns de seus livros para adultos. Autor de novelas como *Xica da Silva, O cravo e a rosa, Chocolate com pimenta, Alma gêmea, Caras & Bocas* e *Amor à vida* e a adaptação para a televisão do romance *Gabriela, cravo e canela*, de Jorge Amado, é também premiado dramaturgo — recebeu o Prêmio Shell de 2003 pela peça *Êxtase*. Em 2010 foi premiado pela União Brasileira dos Escritores pela tradução e adaptação de *A megera domada*, de William Shakespeare.

É cronista de revistas semanais e membro da Academia Paulista de Letras, onde recebeu o título de Imortal.